● 本书为“十三五”国家重点图书出版规划项目
● 本书获 2022 年贵州省出版传媒事业发展专项资金资助

■ 贵州少数民族经典遗存大系 ■

阿蓉鼓藏歌

王　杰　刘开基　杨元龙 ／整理

贵州大学出版社
Guizhou University Press
· 贵阳 ·

图书在版编目（CIP）数据

阿蓉鼓藏歌 / 王杰，刘开基，杨元龙整理. -- 贵阳：贵州大学出版社，2023.12

（贵州少数民族经典遗存大系）

ISBN 978-7-5691-0741-8

Ⅰ. ①阿… Ⅱ. ①王… ②刘… ③杨… Ⅲ. ①苗族—民歌—作品集—贵州 Ⅳ. ①I276.291.6

中国国家版本馆CIP数据核字(2024)第010517号

阿蓉鼓藏歌

整　　理：王　杰　刘开基　杨元龙

出 版 人：闵　军
责任编辑：葛静萍　李洪芳
装帧设计：陈　艺　方国进

出版发行：贵州大学出版社有限责任公司
地址：贵阳市花溪区贵州大学北校区出版大楼
邮编：550025　电话：0851-88291180
印　　刷：贵州思捷华彩印刷有限公司
开　　本：787 毫米 ×1092 毫米　1/16
印　　张：20.25
字　　数：273 千字
版　　次：2023 年 12 月第 1 版
印　　次：2023 年 12 月第 1 次印刷

书　　号：ISBN 978-7-5691-0741-8
定　　价：158.00 元

本书编委会

主　任：杨昌宇

副主任：吴正豪　况再敏　龙见岩　范锡彪　林升智

委　员：龙胜权　黄秀福　王　杰　赵光和　杨文全

江天杰　周年荣　王世春

整　理：王　杰　刘开基　杨元龙

作者简介

王　杰

王杰，1973 年生，苗族，贵州省艺术学校芦笙专业毕业。2001 年参加工作，为榕江县文化馆群文馆员，曾参与撰写国家级非物质文化遗产保护项目“苗族栽岩”“滚仲苗族芦笙舞”和“摆贝苗族服饰”，省级非物质文化遗产保护项目“苗族民间文学阿蓉”、“苗族卧堆习俗”、“都柳江苗族鼓藏节”、“嘎百福”（嘎嘿说唱）、“木鼓舞”和“苗族茅人节”，州级非物质文化遗产保护项目“苗族芦笙制作”等文本。在《贵州民族报》《黔东南日报》和地方刊物《古州文艺》发表论文《牯脏、鼓藏与吃鼓》《加强古州苗王庙建设、促进榕江旅游业发展》，散文《苗家人喝酒》，说明文故事《苗族贾理》《都柳江苗族婚俗》《高排苗族祭鼓》《苗族卧堆文化》《迪薇黝鲵》《榕江仰阿莎》《片舒和蛇》等。合作搜集《贾词选译》，合作主编《苗族栽岩议榔辞经典》，合作编写《苗族远古迁徙辞》《月亮山区的“埋岩立法”与苗族传统审判习惯》等。

刘开基

刘开基，1936 年 11 月出生，苗族省级民间文学《阿蓉》州级传承人，掌握苗族古歌《开天辟地》《洪水滔天》《射日杀月》《迁徙》《阿蓉》等，是苗族栽岩活动中的歌师代表。2009 年，在摆桠山举行的苗族榔规文化活动中负责榔规念词。2016 年，在凯里苗族古歌碑林园栽岩仪式上负责栽岩念词。

杨元龙

杨元龙，男，苗族，1939年生，中共党员，中专文化。黔东南苗族侗族自治州（以下简称“黔东南州”）民族博物馆原馆长，副研究馆员。曾为中国民间文艺家协会、中国民俗学会、贵州省民间文艺家协会会员，凯里学院客座教授，黔东南州开发研究促进会副会长，黔东南州苗学会常务副会长，州苗学会苗语文工作委员会主任。先后搜集、撰写了民族、民俗、民间文学等方面的文章和文艺作品百余万字，与人合作编著的《榕江民族风情》获贵州省民族文学三等奖，主编的《苗族始祖的传说》曾先后被选送到我国香港及海外参加书展。广播稿“榕江县苗族改革旧习俗”（合作）获贵州省优秀广播节目三等奖，编著的《阿蓉》（主编之一）获贵州省民间文艺三等奖，《祭鼓辞》被评为贵州省哲学社会科学优秀成果三等奖，《芦笙词》荣获第二届贵州专业文艺奖（民间文学类）特等奖和贵州省哲学社会科学优秀成果三等奖。2016年初，搜集、翻译了《苗族古歌古辞古故事》。2018年，图书《苗族栽岩议榔辞经典》入选“‘十三五’国家重点图书出版规划项目”。

刘开基参加传承人评审会

刘开基等人接受州级传承人证书

（左起：吴家兴　胡官美　刘开基　杨老树　杨春懿　潘光雕）

左起：杨芳明　杨元龙　王杰

作者王杰与他捐献的古歌碑林

贵州省人民政府公布、贵州省文化厅颁发的省级非物质文化遗产证书

缠纱（高武式）

苗族服饰（加退式）

苗族服饰（盘假式）

绣花（高帮式）

苗族服饰（加宜式）

苗族男装

织布（高董式）

苗族服饰（盘蜇式）

苗族男装

拉线（高邦式）

苗族服饰（三盘式）

苗族服饰（加早式）

笙歌乐舞

载歌载舞（服饰为摆贝式）

整装待发（头饰为清江式）

苗女（头饰为滚中式）

阿蓉圆舞

细腻的舞步

阿稿腌鱼香

鼓藏场上

吹芦笙

《阿蓉》传承人刘开基

《阿蓉》说唱

专程拜访传承人

序言

《阿蓉》是流传于贵州省榕江、从江、三都、荔波、雷山等县的苗族民间故事，是省级非物质文化遗产之一。2012 年，由榕江县文化馆老馆长杨远松，黔东南苗族侗族自治州博物馆老馆长杨元龙，凯里学院副院长、教授张雪梅合编的《阿蓉》由中国戏剧出版社出版，全书共 50 万字，有 6 篇，其中 4 篇是杨元龙搜集整理的，另外两篇分别由蒙胜权和杨胜军搜集整理。故事的女主角是阿蓉，男主角分别是阿拱、阿稿和莎扭。阿拱是英俊的美男子，阿稿家底厚、多金，莎扭则和阿蓉是姑表亲，阿蓉要向他“还娘头”。三人与阿蓉产生了复杂的情感纠纷。

由于传承地域广、时间久，《阿蓉》出现了多个不同结局的版本，较完整的大致有三种。

版本一：由原嘎黑说唱州级传承人龙安昌说唱，杨元龙搜集整理的《阿蓉歌注》，前半段内容是讲阿拱和阿蓉年轻时因打鱼产生爱情，但阿稿却横刀夺爱，阿稿和阿拱为争抢阿蓉大开杀戒。阿蓉父亲提出娶阿蓉的人必须有钱。阿拱为了赚钱娶阿蓉，放排七年不归，阿蓉久等无望，先后嫁给莎扭和阿稿，阿拱回来状告阿蓉，以“一女多夫”的罪名把阿蓉杀死。

版本二：由原高随知名歌师固洪以“嘎百福”说唱，杨元龙记录整理的《阿蓉》，前半段也是述阿蓉和阿拱的爱情故事，之后，阿稿和阿拱为争抢阿蓉大开杀戒，砍断了寨边的古藤，坏了风水，寨老下令，谁把古藤接活阿蓉就嫁给谁，阿稿有钱，买大牯牛祭古藤，接活了古藤。阿蓉将嫁阿稿，阿拱怕失去阿蓉，生了大病，阿蓉得知后为阿拱出主意，叫他在自己出嫁那天藏在路边，安套拴住牯牛脚，让牛滚下坡，再放锦鸡飞出拦路，预示阿蓉和阿稿结婚不吉利，最终，阿蓉如愿嫁给了阿拱。莎扭得知前来，要他们还舅舅钱，阿拱拿不出钱，放排下河不归，传言遇难了。无奈之下，阿蓉回到了娘家。阿稿和莎扭得知，争着来娶阿蓉，恰好阿拱放排回来，一对有情人终成眷属。

版本三：由原高同歌师杨老东唱，蒙胜权记录整理，此版本故事前后有些乱。前段主要讲阿蓉和阿拱通过打鱼相爱。但在鼓藏节中，阿稿用钱收买了阿蓉母亲，得以住在阿蓉家，阿拱漂流回来得知，心生怨恨，两人大打出手。阿蓉当面表明不爱阿稿，阿稿失望地回家，阿蓉则嫁给了阿拱。后来，阿拱外出做生意长期不回。蓉母看到阿蓉生活困难，便把她接回娘家。阿蓉在路上看到阿稿的田地和山林，便想去嫁给阿稿。阿蓉母舅得知，让阿蓉去嫁给莎扭生儿育女，以还娘头。阿稿为见阿蓉，装成生意人到阿蓉出嫁的地方卖镰刀，跟阿蓉旧情复燃，引发了情感纠纷，阿蓉伤心地上吊自杀。这个版本逻辑上较为混乱。

本次整理的《阿蓉鼓藏歌》由榕江县古州镇高武村苗族歌师刘开基（《阿蓉》州级传承人）传唱，是另一种版本。

故事从人们迁徙入住榕江生活繁衍开始，由于阿稿祖辈在榕江杀过地主恶霸，逃到外面隐居。（这部分内容在“迁徙歌”中有体现）若干年后，榕江恢复平静，阿稿父亲再次回到榕江，看到后迁入榕江居住的阿蓉父亲发展得很好，生活富足，又回到榕江，在阿蓉家不远处居住。之后，阿蓉和阿稿出生，两人青梅竹马、两小无猜。一次玩耍过程中，阿蓉被阿稿无意打伤手，阿蓉父亲说阿稿是恶人后代，本性不改，要告阿稿父亲，阿稿父亲害怕，又迁到三江冷依摆秋去住。

《阿蓉鼓藏歌》分两大部分，俗称“小花”和“大花”，各自可以单独成立，也可以合成一个整体。按照故事情节来看，“小花”排在前，讲述阿蓉和阿稿的爱情故事，充满浪漫和幸福，属于情歌范畴。其中有两段是情歌经典唱段，即“打鱼趣事”和“分享桦槁”。到了“大花”部分，矛盾不断升级，真实地反映了婚姻与生活的无奈，属于古歌范畴。“大花”围绕苗族鼓藏的程序展开，所以本书以“鼓藏”加以命名。鼓藏起因是年轻后生汪角以去王领会姑娘薇角以，在回家过程遇到洪水，汪角以途中溺水身亡，引发村寨吃鼓藏活动，以乞求祖宗保佑，也讲述了买牛、买芦笙等节前准备活动。再讲到吃鼓藏时，亲友汇集，各方姑娘跟阿蓉媲美，后生找阿蓉跳芦笙。因为阿蓉太美，有人私下说她是因为有盛装修饰才美丽。阿蓉不服，脱下盛装，单薄的生活装更加显得身材苗条，皮肤白皙，像白银，像月亮，像神仙。

阿蓉故事的男主人公是阿稿，他虽有钱，却不受人待见。初次见面，阿稿给长辈赠送银子和腌斑鸠，长辈表面在夸阿稿，实则是希望阿稿以后多施舍一些。阿蓉和阿稿的几次约会，阿稿的路程远，但每次他都提前到场等阿蓉，阿蓉都因各种事情迟到。打鱼时，阿稿把大鱼让给阿蓉，自己空手回家，到家被母亲质问，才实话告诉母亲说是把鱼送给了心爱的姑娘，母亲很是理解和支持。鼓藏节期间，阿蓉家准备了一头鼓藏牛，阿稿天天帮忙割草，进客时，阿拱挑来吊颈鸭，受到阿蓉全家人的热烈欢迎，阿稿累死累活，却被冷落在一边。杀牛的时候，莎扭拿斧子，阿拱拿索，阿稿却什么都不能做。散客时，各位亲友都分得牛肉回去，阿稿却什么也没有。阿蓉父亲看剩下个牛肺，捡来给阿稿，阿稿气得丢给狗去争抢。谈婚论嫁的时候，阿稿和阿拱为争抢阿蓉打了起来，阿蓉父亲说阿蓉是莎扭的亲表妹，必须嫁给莎扭“还娘头”。付出了那么多的阿稿终究敌不过旧俗，便心灰意冷地回家，阿蓉却再次欺哄他，叫阿稿把路修到榕江。阿稿老老实实地把路修到榕江，半路遇到乞丐，乞丐告诉他阿蓉已经嫁给莎扭，阿稿的希望彻底破灭。

阿蓉嫁给莎扭，两人生儿育女，不死心的阿稿以经商为借口到阿蓉出嫁的地方去卖镰刀，看见她的女儿长得像阿蓉，阿稿伤心难过，心里暗暗地想，如果当初阿蓉嫁给他，那现在这个姑娘就会是他的女儿了。他越想越气，故意扯阿蓉女儿的头发，让姑娘大哭。正在忙于家务的阿蓉听到女儿的哭声后跑出来，看到了阿稿。她请阿稿进家，并欺骗莎扭说阿稿是远房郎舅，阿稿因此受到了莎扭的盛情款待。在喝酒的时候，阿稿假装喝不了酒，保持清醒，莎扭则喝得烂醉如泥。半夜，阿蓉与阿稿旧情复燃，却惊动了寨人。寨人与阿稿大打出手，幸好阿稿跑得快，才免于一死。阿稿回到家后，很不甘心，便状告阿蓉。官人收下了阿稿的银钱，再加上阿稿数落过去帮阿蓉家做事的旧账，最后判阿蓉输理。

经过婚姻挫折之后，阿蓉的母亲意识到婚姻悲剧是封建旧俗危害的结果，从此有了新的认识，把婚姻自主权交给女儿，让她在阿稿、阿拱和莎扭三人中任选。阿蓉想到嫁给莎扭后经常被打，结婚也看不到幸福，便决定嫁给阿拱。谁知她前脚刚到阿拱家，后脚就被莎扭追要“还娘头”礼金。阿拱拿不出钱，只好外出经商。谁知一去 7 年不回，不知是死是活，阿蓉在家一天比一天难过，她卖完嫁妆和金银首饰，实在无法继续坚持下去，无奈地离开阿拱家。在回娘家的路上，阿蓉看见了大片的田地和山林。听到人们说这些都是阿稿的资产，受尽穷苦折磨的阿蓉动了心，便主动去找阿稿。阿稿见到阿蓉到来，已经没了当初那样的激情，总担心她仍在欺哄自己。后来，他知道阿蓉此次是真的，便叫家人大办酒席娶阿蓉。又过了 7 年，阿拱经商回来，只带回一头瘦牛和一只瘦狗，他欲拉去付“还娘头”礼，谁知阿蓉早已经嫁给阿稿。阿拱联合莎扭去告阿稿，找遍了所有能人。官府都知道阿蓉的苦难经历，不受理此案。莎扭无奈，找人帮自己出气，欲对阿稿动粗，谁知阿稿早有准备，杀牛宴请寨人，收买了所有人的心。当莎扭到来时，全场人都支持阿蓉嫁给阿稿，反对封建旧俗“还娘头”。

这个故事虽然现在听来较为荒谬，但这是史料中第一次对“还娘头”旧俗表示反对，从此，“还娘头”姑表亲逐渐被自由婚姻取代，使其具有了积极的现实意义。

由于阿蓉和阿稿的爱情故事太出名，他们死后，人们塑他们的像于榕江，以示永远纪念。

Ghob Mes 目录

《阿蓉鼓藏歌》分两个部分，俗称“小花”和“大花”，各自可以单独成立，也可以合成一个整体。按照故事情节来看，“小花”排在前面，讲述阿蓉和阿稿的爱情故事，充满浪漫和幸福，属于情歌范畴。“大花”围绕苗族鼓藏程序展开，情节矛盾升级，真实地反映了婚姻与生活的无奈，属于古歌范畴。

七段“小花”（Xongs det benx mongl）

《阿蓉》“小花”共有七段，按顺序分别为“起房造屋”“玩家家”“美名传扬”“初建感情”“打鱼趣事”“分享桦槁”和“节前准备”。

一、起房造屋（Jil nongl jangs laf）

这段歌是接在苗族迁徙歌《宁摆虾娘（跋山涉水）》之后的，《宁摆虾娘》结尾说到革勒打猎就结束了，阿稿是打猎侠士“牛丁”的后裔。过去榕江有两大家族，一个在河上游，一个在河下游。在上游的家族叫“亚罗”，独子叫“莎懂”；在下游的家族叫“老李莎逅”。亚罗家喂养的家禽多，常年在河中放鸭。亚罗家的鸭常游到下游老李莎逅的河段，被老李莎逅偷捉去，东少一只，西少一只。莎懂发现不对劲，沿河去寻找，找到了老李莎逅家，发现鸭被关在他家。莎懂性情急躁，要求老李莎逅放鸭出圈来察看，老李莎逅不肯，莎懂强行查看，被老李莎逅用暗器杀害。亚罗失去独生子，伤透了心，他想去报仇，但却年老而力不从心，便决定在七月举办鼓藏节，想趁机招兵买马，寻人帮他报仇。亚罗有把战弓，他在鼓藏节时便专门拿出来展示。来参加鼓藏节的人很多，但都是一些普通人，拉不动弓，也不敢去动它。唯独有个着装与众不同的猎人对那把弓感兴趣，这个猎人名叫“牛丁”，他是外来的，不懂什么规矩，看见弓，便去拉弓了。亚罗看到武器被人动过，就来质问两个儿媳“宁奴”和“宁更”。宁奴怕事不敢说，宁更告诉他说是牛丁拉的。亚罗便去找牛丁，带他去正席，好好招待他，还对牛丁许诺，说是若能帮他报仇，自己的所有家产，包括两个儿媳都给牛丁。牛丁接下任务，帮亚罗报了杀子之仇，但他没要亚罗的资产，只是带走了他的两个儿媳，过上了隐居的生活。若干年后，牛丁的子孙，即阿稿的父亲返回榕江定居，繁衍生息。故事就是从这里开始的。

本段讲他们迁到榕江后发展生产，建了大房子，过上丰衣足食的生活。

Nius jeef ninx mub nal,	在很久以前，
Nius ghaot dlinl ghaib bail.	过去的年代。
Eb Xeeb ghot ninl bail,	欧、写[①]迁徙来，
Longx eb pieet nenl laol,	一路随河到，
Sal dax deeb Wul Ghol,	来五果[②]安家，

① 欧、写：人名，写是阿蓉的父亲，欧是阿蓉的母亲。

② 五果：地名，今榕江古州一代。

Wangs Zenx Linb dangl nenl.	阵林[①]落户住。
Lab vangl Ghangs Liangk at deeb fend dinl,	这地方宽阔，
Eb Xeeb diangd jil nongl,	欧、写建房屋，
Jangs laf niangb Wul Ghol,	建屋在五果，
Jangs laf niangb bail lenl.	在坡边建房。
Ghob laol saos dif det peib fol,	最初用杂木建屋，
Zaid nof diangd mal yeek ob dangl.	茅草围四周。
Saos dif max seeb niul,	建屋有讲究，
Diangd mul yees vongx eb veel,	建在龙脉上，
Vongx eb diangd nol dlinl,	才有好风水，
Geed eb geed bail nol.	才有好运气。
Gheeb ghob xenf haot niongx bongl,	鸡大像凤凰，
Bieet dangf ngeex daib lol,	猪大像野猪，
Lus mul haot nenb gheed bail,	鳝大过蟒蛇，
Nail daib ghob dangf jend jul.	泥鳅像舂碓。
Ninb ghob jenx dlak wongl wongl,	母丰收富裕，
Bat ghob xenf saok denl denl.	父人丁兴旺。

① 阵林：地名，今榕江王领一代。

Niut ghenb diangd jil nongl,	过了若干年，
Diangd saos dif det jeeb jil,	改用杉木建，
Zaid sos dongs ob dangl,	柱与柱相连，
Saos dif diut pab dongl,	立屋很顺利，
Diut pak dongs yenb yangl.	建六排大屋。
Kheet mas yees ob dangl,	两头雕龙凤，
Deit nof bend dias yeek genb yongl.	梁上有飞檐。

Gheib Leib ghot ninl bail,	革勒[1]也迁徙，
Lens kheet deeb Wul Ghol,	来到五果处，
Mas mongt Xeex Eb dinl diul,	看欧、写房子，
Vut vangx xangb geed bal.	高大又雄壮。
Jus niut meib ghob jenx dlinl,	不久他发财，
Ghob laol vut vus geed bal,	发财又富有，
Xongt mieef dongs zaid nongl,	也盖杉木屋，
Ghangt ghangs Wangk Ongd Ghol.	盖过五果城。

Gheib Leib diangd ninl bail,	为何革勒迁，

① 革勒：人名，阿稿的父亲。

Longx eb pieet bail laol.	涉水来到这。
Baib ngal das mab at liangx xab nenl,	因为大干旱，
Pab heek eb max laol,	引水不到田，①
Heek lit mal saok liangx nieel,	让大田撂荒，
Wak liangx liub gal lol,	年年无丰收，
Yos niox hvangb diangl wangl.	心里挺难过。
Gheib Leib not ninl bail,	革勒迁徙去，
Longx eb pieet bail laol,	随河水上来，
Lens yenk deeb Wul Ghol.	才来到五果。
Gheib Leib ghot jil nongl,	革勒也建房，
Jangs laf niangb Wul Ghol,	建房在五果，
Saos dif det peib fol,	初用杂木建，
Saos dif ghot niangb bail lenl.	在坡边立屋。
Saos dif max seeb niul,	立屋有讲究，
Saos dif diangd mul yeek bongt vongx eb nol,	恰好对龙脉，
Vongx eb diangd nol dlinl,	才有好风水，
Geed eb geed bail nol,	才有好运气，
Ninb ghob jenx dlak wongl wongl,	母丰收富裕，

① 引水不到田：过去河边田靠水车灌溉，因干旱水小，水车无法将水引到田里。

Bat ghob xenf saok denl denl.	父人丁兴旺。

Niub dail ghak det peib fol,	最初用杂木，
Kheet mal yeek hvib vol.	屋四面漏风。
Niut ghenb diangd jil nongl,	过了若干年，
Saos dif det jeeb jil,	换杉木建屋，
Saos dif diut pab dongl,	屋大又宽敞，
Diut pak dongs yenb yangl,	六排连一体，
Genb niangb caot veeb bul.	两边雕龙凤。
Ghenb dlenb zeet veeb lenl,	屋梁盖青瓦，
Genb qenb lees bail jangl,	吊脚楼雕凤，
Lees mas gheik leel mongl,	锯齿镶柱边，
Vut vangx xangb geed bal.	房屋真漂亮。

二、玩家家（Niaf genb Yongl）

这段讲阿蓉和阿稿童年生活的趣事，两个小孩在一起玩耍，两小无猜。后来，阿稿一家搬离榕江，到另一个地方去生活。

Dof niut ghenb diangx wangl,	住一段时间，
Niut ghenb eed Yongl laol,	阿蓉出生了，
Yongl ghos naik diot lab dax nenl.	阿蓉住寨脚。
Dof lab niut nix nenl,	大约过一年，
Niut ghenb eed Ghaol laol,	阿稿也出生，
Ghao ghos naik diot lab dax bail.	阿稿住寨头。
Dal max liub max lol,	都不大不小，
Yos max hveeb max gil.	同是一代人。
Juf zeib diut jongx jongl,	十岁他们过家家，
Ghaol ghos dongb neit genb Yongl,	破瓦当碗碟，
Yeek mul daob sat veeb lil,	泥土当米饭，
Dlieeb gol dlieeb xid yil,	用石头敲打，
Dlieeb gol dongs deid bail.	敲阿蓉指头。
Dongs bieel yees deid bail,	阿蓉手受伤，
Lab senb mal menk od nol,	伤口在发炎，
Jus yus diot dab deid bail,	肿胀红通通，
Senb liangl khaok khaid yeel,	抱在胸口前，
Niangb dias lik jeed dal,	疼痛动不得，
Ninb Yongl diangd hais liak bad vangl.	坐在地上哭哇哇。

Ghet Xeex dal dab lol,	故写老人家，
Ghet Xeex laol pob gheil,	听到了哭声，
Taib gheit bail qub vangl,	责备阿稿说，
Mox niub nod deix niub bal,	你这人很恶，
Mob bail diok dal niub vut liux ib neil,	不是好根种，
Nius jeef eed mox gheb sal diul,	过去你爷杀恶棍，
Dieeb fab diot Wul Ghol.	结仇在五果。
Mox niub nod deix niub bal,	你就是凶狠，
Mox bail dios deix niub vut liux ib neil,	不是好人家，
Diees nod mox dab diangd sal Yongl,	如今又打我姑娘，
Dongs wal dab deid bail,	小女手受伤，
Senb liangl khaok khaid yeel,	发炎红通通，
Niangb das lik jeed dal.	疼痛动不得。
Leix meib max hol mul,	你们快搬走，
Baib mul xens diot diul lil,	不走我告诉恶棍，
Miees dal dab fab geed sal nieel.	让他们杀你。
Gheib Leib max diangl xul,	革勒很担心，
Gheib Leib vod dlil dlil:	自言自语说：
Hob mul nias Ghet Xeex dal lol,	故写正在气头上，
Nees neib at yil bangl,	如果他告密，

Bub feil neix longl hvub langt diul lil,	让恶棍知道，
Xak dab fab diangd sal wal.	我就坐不成。
Gheib Leib nof ninl bail,	革勒悄悄搬离开，
Zeeb leeb geet dangl mul.	半夜就走人。
Xak langt Nenl Yib vangl,	他来到能依[①]，
Laof dongs diot Nenl Yib vangl,	去能依开垦，
Ghas wangk diot Nenl Yib deel,	到能依落脚，
Laof dongs diot Nenl Yib vangl.	在能依建屋。

Laof dongs max seeb niul,	屋不建则已，
Diangd mul yees vof vongx eb veel.	屋建对龙脉。
Vongx eb diangd nol dlinl,	才有好风水，
Geed eb geed bail nol,	才有好运气，
Geed jus geed nenl laol,	财源滚滚，
Ninb ghob jenx dlas wongl wongl,	母丰收富裕，
Bat ghob xenf saok denl denl.	父人丁兴旺。
Gheeb xenf haot niongx bongl,	鸡像金凤凰，
Bieet dangf ngeex daib lol,	猪像野猪群，

① 能依：地名，今榕江县三江乡冷依村。

Nail daib dangf jend jul, 泥鳅像舂碓，

Lus mul haot nenb gheed bail, 鳝大过蟒蛇，

Vut vangx xangb geed bal. 六畜也兴旺。

三、美名传扬（Bait zenl lab gil）

这段讲阿蓉从小聪明伶俐、心灵手巧、美丽动人，刚刚长大美名就传遍大江南北，附近村寨的人纷纷前来找她跳舞。阿稿也听说阿蓉美貌，专程来访她，见阿蓉宛如天上神仙，向她家老人们赠送银子、腌斑鸠，想让自己给大家留下一个好印象。

Kub baib deet diux dial, 阿蓉小时候，

Kub zeib leit nex ghaol, 五月是婴儿，

Ghob laol nius nis diot eb bat dlenx vangl. 地下到处爬。

Juf ob dal meis niox bieel, 十二岁前娘不管，

Was yeek diot dlenx vangl, 任凭阿蓉自由玩，

Haot was diangk dlox yul, 少年时代无忧虑，

Yul ghab eed geef vees dangx nenl. 跑遍寨中各角落。

Juf baib dal meis vud bieel, 十三岁娘方管教，

Meis vof dab jangd vul, 教阿蓉纺纱纺线，

Ninb Yongl ghos nis nenk niangb lox leel,	阿蓉纺线在坪中，
Nis nens haot xenb yul,	细线犹如蜘蛛网，
Haot veel nius gib jangl.	忽而又像蚕吐丝。
Juf dlob dal meis ghob vud bieel,	十四岁娘又教导，
Meis diangd vof dab jongx ngangl,	教阿蓉织布织锦，
Ninb Yongl daos daok niangb lox leel,	阿蓉织布在坪中，
Daos daok zees ngeex bail,	缎子细密像指纹，
Genb diongb mul zees nex yal,	花缎中间像春芽，
Genb but zeek ngeex fol,	锦缎两边像桦稿，
Liangl seet leek vob niul.	缎头整齐如刀切。
Xit daok eet sol mub dlongl,	人们织布都一般，
Dliab yul daok ghot sol mub dlongl,	布缎平平不出众，
Jus dal Genb Yongl daok xangx sol genb diul,	阿蓉织布赛过群，
Jees xangt mal jees ghol,	缎布美丽如鲜花，
Jees det mal jees liangl,	各段布匹各个价，
Jox dlenb mul lis dal ghol,	衣领换得只白鹅，
Jenx pangb mal gos dal meil,	衣襟换得一匹马，
Haob bongt ghaox jangb ngol.	衣袖换得杉树蔸。
Yul wais ghot diangl diob mut xix dab gil,	阿蓉手巧人美丽，

Bait ghob dlil eb dlil nenl,	小小年纪就出名，
Mot ghob dlil jus dlil bail.	人人都在赞美她。

Yongl dangt Zenx Linb ghol,	阿蓉出生在五果，
Juf diut neix liub laol,	二八姑娘好年华，
Yongf dangt niangb Zenx ghol,	阿蓉出生在五果，
But Zenx Linb geed nenl,	阵林下边好寨子，
Yongl dangt max seeb niul,	阿蓉大名传四方，
Yongl dangt saib dex niul,	浑身穿戴金银饰，
Bub sait buk kad linl.	走路银铃响叮当。
Yongl dangt max seeb niul,	阿蓉就是不一般，
Yongl dangt saib dex niul,	头上戴银饰，
Bub sait buk kad linl.	走路响叮当。
Ninb Yongl meis vut deeb jux lenl,	母亲衣服美，
Bak vut ghob jux ful,	父亲银饰贵，
Lab daol xongk but xab Niux Yongl,	穿戴在身上，
Yeek mul at wangb sox leel,	人漂亮至极，
Yeek vut lab ngeex mangl.	美丽似神仙。

Yeek xab at wangb sox leel,	阿蓉会打扮，

Benx eb tieek hed yeel,	发髻各一边，
Gab nix nes bad dinl,	头插银牛角，
Ghob job fangs ghongd geel,	颈带银项圈，
Pieet guf mangk benx bul,	背挂银玫瑰，
Pieet diees bangs xangx liangl,	胸佩银梅花，
Diux mul niangk tiangx liangl,	走路银饰飘，
diux laol diees tiangx liangl,	银铃响叮当，
Liangl hvangb but vol vok dangx niul,	整个芦笙坪，
Ghob haot gongl gongk wax seel,	就像开银花，
Bait ghob diangd dlof juk dlaix nenl.	阿蓉美名传。

Jees meis jeek vux niongl,	四面八方的美女，
Vof xangt dliab dax dongl,	准备新衣前来比，
Jees bak jees vux zeel,	五湖四海的英才，
Vof des diot dliab dax dongl,	准备芦笙赶路来。
Sent Xens dax nab nongl.	胜兴[1]昨天到，
Ghait Yangs dax nab nongl,	盖杨[2]昨天来，

① 胜兴：人名，因为阿蓉美名前来比芦笙的。

② 盖杨：人名，因为阿蓉美名前来比芦笙的。

Nint Fais dax nab nongl, 宁怀[①]昨天到，
Dot Lias dax diub vangl. 朵里[②]他也来。
Dliab dax dliab geed zeel, 人人新盛装，
Fenb deel ghos dos gax zeib bad vangl, 个个新芦笙，
Nenl ghos dlok leet Zenx Zeb vangl, 名传至柳州，
Lenl Yenk jox fenb nenl, 东至柳州寨，
Jus mul langt Venx Baib Jeel, 西传三条岭，
Juk Lit jox fenb bail. 鸠利高坡寨。
Bait dlof wieex dlenl Baib Jeel, 名传三条江，
Diut juf neix sal bub jul, 六旬老人均知晓，
Bait dlof Gib Wax vangl, 名传到天上，
Mongt Lif fenb sangx bail. 孟力[③]天上人。

Bait dlof Bail Qub vangl, 传到摆秋寨[④]，
Nios Ghangs ghot sal bub jul. 阿稿也知晓。
Ghaol dangt niangb Dangx Dlaol, 再话说阿稿，

---

① 宁怀：人名，因为阿蓉美名前来比芦笙的。

② 朵里：人名，因为阿蓉美名前来比芦笙的。

③ 孟力：地名，指天上的地方。

④ 摆秋：地名，阿稿住的地方。

Ghaol dangt max seeb niul,	人才不一般，
Ghaol dangt saib gax dal,	擅长吹芦笙，
But niof des Dangx Dlaol,	无人能匹敌，
Bait ghob diangd dias yees longx lenl.	大名也远扬。
Nios Ghangs nof diangd dinl hveeb zangl,	阿稿听说蓉美丽，
Dangl mangt ghos kheeb dliux dol,	半夜把火把准备，
Dok zot dax diob mul,	连夜赶路奔榕江，
Jus hveeb diob mut Zenx Linb Ghol.	一心只为见阿蓉。
Ghaol nok fat neix ninb dinl,	稿离开家乡，
Meis dif diux eb liol,	告别老母亲，
Ghaol los diot Veeb Jux Lenl,	走过青石路，
Lab vangl Zeid Gheik dax nenl,	来到椎革[①]寨，
Jus dieek dax deeb Ongd Ghol,	终于到五果，
Wangk Zenx Linb geed nenl.	阿蓉的屋边。
Ghaol Jens dax pangb kad lial:	阿稿敲门问：
Nangk diux diongb dinl dinl,	阿妹请开门，
Nangk diux diongb gol Yongl,	阿哥已来到，

① 椎革：地名，今榕江宏王庙一代。

Mob laol bok diux bab wal laol,	开门让哥把屋进，
Mieeb wal hek diongx yangb yal geel,	抽支叶烟润喉咙，
Bub feil vut jox hvangb wal mul.	抽完香烟哥就走。
Bieel Yongs dax pangb dlil:	阿蓉回答说：
Sent Xens dax nab nongl,	胜兴昨天来，
Dot Lias dax nab nongl,	朵里昨天到，
Nint Fais dax nab nongl,	宁怀昨天来，
Ghait Yangs dax nab nongl.	盖杨昨天到。
Dliab dax dliab geed zeel,	人们来都带芦笙，
Dliab yul ghos dok gax zeib bad vangl,	个个吹芦笙满堂，
Niangs jox fenb Ongd Ghol,	芦笙堂里闹扬扬，
Baib diongl neek venx dliab ced niul,	人们刚放下芦笙，
Wal max bub mol niok xid yil,	不知你是哪路人，
Max bub mol dlak xid yil.	不知你是何方客。
Ninb Yongl ghos max kheeb senl,	阿蓉不肯把门开，
Bos senl diok khab laol.	阿稿未能进门来。
Nios Ghangs diangd laol pangb dlil:	回话阿蓉说道：
Baib max niok xid yil,	不是哪路客，

Baib max dlak xid yil,	不是哪方哥，
Baib dios ghangs Bail Dlaol,	是党秋阿稿，
Guf Dangx Qub dangl bail.	哥来自摆韶。

Bieel yeek diangd laol pangb dlil:	阿蓉又说道：
Xenk diot dal xab Ghaol,	阿妹告诉你，
Hvad menb dios ghangs Bail Dlaol,	哥若是阿稿，
Guf Dangx Qub dangl bail,	摆韶地方人，
Pieet lok nof jus Deix Ghaol,	早就有所闻，
Bait Ghaol Jens dlaix nenl,	老少都清楚，
Ghaol dax bend saib gax zeel,	来会吹芦笙，
But niof des dangx niul,	笙堂闹一番，
Menb dax mab geed zeel,	不像你这样，
Mab ghent des dax ob ced niul.	笙堂冷清清。

Ghaol Jens diangd dax pangb kad lial:	阿稿回答说：
Jeef haot deix gongb geed zeel,	提到那芦笙，
Deix Khab ghob niox zeel,	哥芦笙已旧，
Jib niut niangk niox laol,	多年不曾吹，
Was des mul geet qob jax liul,	早结蜘蛛网，

At dees neid baib geed zeel,	旧笙吹不响，
Mangs des dax ob ced niul.	不好进笙堂。
Bieel Yees diangd dax pangb kad lial:	阿蓉回答说：
Deef dot diongx dleib niul,	妹说不过哥，
Deef dot mox dleib wal,	句句哄人多，
Wal geex deek niut mox ib neil?	叫妹怎信哥？
Nab ab dait neil nongl,	就在几天前，
Diongl nab ab saod feil,	时间隔不久，
Nangd yul waik ghot pangb kad lial,	听人们说闲，
Nab nongl mox ghos des but niangb Dangx Niol,	党鸟芦笙堂，
But Eb Dif diux vangl,	有个闹[①] 姑娘，
Eed dlinb bend dieeb Liof Zenx Diongl,	她让你心动，
Xud def Naos Dangx Niol,	把你魂勾走，
Das hveet meib yud Ghaol,	闹像狐狸精，
Heek Ghangk diot Dangx Niol.	美丽又细心。
Fens Songt diongb diux vangl,	她在笙堂跳，
Hvad menb zos wieek at dangx saib gax zeel,	婀娜且妖娆，

① 闹：人名，另一个美丽姑娘。

But gax diongb hvid lil,	稿吹笙闹跳，
Mob bait nof longx eb dlod nenl.	人们拍手叫。
Sangs dees mox dleib beid lol,	你是哪路客，
Wal dees niut leix menb xid neil?	我怎能信你？
Ghaol Jens diangd dax pangb kad lial:	阿稿回答说：
Deef dot diongx job niul,	想骂尽管骂，
Deef dot mox job wal,	骂哥没关系，
Xif jens eed laix gheb dlangl,	只要妹开心，
Xif at xix Ninb Yongl.	骂什么都行。
Mox khob mul niut yul eb benx bul,	听哥劝一句，
Hob diangl niut fens hvub dlenx vangl,	别听外人叙，
Diut dos gab nix jol,	牛相斗会断牛角，
Qat mas ob bongx nieel,	人相斗会伤了心，
Hvub neid hvub dlenx vangl,	流言蜚语不要听，
Yul laot wais benb cat ob dliux dol.	坏人乘机拆散媛。
Bok diux bab wal laol,	快开门让哥来坐，
Qak laol niok zot kab wal bail.	再等亮槁就燃尽。
Genb nob es bongs max xul,	阿蓉说不过，

Yongl deif nink max gil.	不开怕失礼。
Bok diux jeeb ghal ghal,	大门打开嘎嘎响，
Bok diux bab Ghaol laol.	阿稿终于进门来。
Ninb Yongl niangb haot dius benx bul,	阿蓉美貌似天仙，
Dlob fat meik xeex liangl,	皮肤白亮像白银，
Dliub ghot mak deex ninl,	眉毛如黛清又秀，
Dliub xit mak naox seil.	眼睛含情水灵灵。
Zenl leit gees wax niul,	眉梢弯弯像月亮，
Khab Ghaol ghos mongt dliongk yox gheil,	阿稿看见心发慌，
Eib aot mul gok jax dol,	乱作一团踉跄倒，
Neeb Yongl meik lox vol.	差点连人跌下楼。

Yongl Yees diangd laol pangb dlil:	阿蓉见状笑着说：
Diuk haik diot dal Khab Ghaol,	好话劝阿哥走稳，
Mox khob mul nieel wal bak lox vol,	不要倚靠烂木栏，
Xak bangb wal bak lox vol,	会把木栏挤压断，
Jos jus nins dax bail,	木栏压断没啥事，
Jos jus dlongs bax vongl,	只怕阿哥跌下楼，
Mox fieeb laol niangk niox wieel.	阿哥快进屋里坐。

Genb Yongl nof yus Deix Ghaol,	阿蓉拉住阿稿手，
Xib laol niangk niux niul,	邀请阿稿进屋来，
Dangk sos diangd fieeb ghaol ninl,	进屋坐在凳子上，
Deed dax ib bail yangl,	阿蓉送阿稿香烟，
Diongx yangb ghob haot jeel ngangl,	烟杆粗像脚杆大，
Deed dax bab Ghaol ngangl.	上等香烟招待稿。
Ghaol ghos hek yangb zaid nongl,	阿稿明看是抽烟，
Ghaol jeef hvub meid mongl.	实际心在想阿蓉。
Zeib bail lees deef benx yul,	阿稿掏出花口袋，
Qub laol xongs juf ghaid liangl,	摸出几锭白银来，
Laol bab diot nax lol,	礼数周到又大方，
Ghaol diangd jeef lab diot nax lol.	七十两银赠老人。
Wal bab diot mox bail:	阿稿还对老人说：
Tit lab dangf gud nenl.	不成敬意一点银。
Yongl meis ghos gangf niongd lial,	蓉母手捧白银锭，
Yongl bak gangf niongd lial,	蓉父掂银沉甸甸，
Sal dios haof gux nenl.	果真是真金白银。
Yongl meis diangd laol pangb dlil:	母亲感激回话道：
Haot max dab Bail Dlaol,	人人说阿稿富裕，

Xix deex dab Bail Dlaol, 阿稿的确很富裕，
Mob vangt dangx Qub dangl bail, 来自摆韶的地方，
Mob vangt xangx xenb nenl dinl, 礼数周到又大方，
Senb wul wenk dax dlial. 真金白银拿出手。
Dliab ghob dlial dliongs niox mul, 前人来过千千万，
Jus Ghaol Jens dax dlial, 都是空手套白狼，
khab Ghaol ghos wak xangx liangl, 只有阿稿赐银锭，
Bab wal meik nax lol. 散给老人真暖心。
Ghaol diangd meib bail laol lees deef benx yul, 阿稿又去摸口袋，
Ghenb laol nes ghaid dieel, 拿出美味腌斑鸠，
Ghenb xul saos dax wieel. 散给在场人品尝。
Ninb Yongl ghos bus dix ninl, 阿蓉接过腌斑鸠，
Mox fieeb mul niangk niox wieel, 拿去放在桌面上，
Xul bend dongs mongk bad vangl. 一幢房子香味浓。

Yongl meis diangd laol pangb dlil: 阿蓉母亲说：
Deb haot deix nes dlend bongl, 若是野鹞子，
Nes yof hangt seeb geed bal, 雀鹰腥味浓，
Eeb wal mak niox ghob xid denl, 我不是很爱，
Kub Ghaol nek ghaid dieel, 恰好是斑鸠，

Mob xul ghos dongs mongk bad vangl.	美味扑鼻香。
Meis mul gheib meis waid niul,	母亲约姊妹，
Meis wok ninb geed deel,	客人来家聚，
Bak gheib bak waid mol,	父亲喊朋友，
Bak lil xangk geed bail,	分享尝一尝，
Mob laol baib saix yangd ngangl.	美味齐分享。
Tiongb Ghaol nek ghaid dieel,	接到父母邀，
Dliab yul laol saos bad dinl.	亲朋聚拢来。

Ninb Yongl ghok vod dlil:	阿蓉把话说：
Baib laol yos vax dal,	每人有一份，
Yangk Khab Ghaol nek ghaid dieel,	尝稿腌斑鸠，
Neib xul xangx dongs mongs geed bal,	香味惹人醉，
Mab mait neib lit nenl nek ghenb xul,	感谢阿稿哥，
Ghob liangl hveeb ceit bangl saos jab dol,	吃过腌斑鸠，
Het laol mak hveeb yangl.	个个来称赞。
Venx dliab het xul mul,	大家享受腌斑鸠，
Het nes venx dliab diangd mul vangl.	酒足饭饱把家回。

四、初建感情（Dal max mas dal）

阿蓉和阿稿一个貌美，一个多金，两人在一起自然产生了感情。可是天下哪有不散的宴席，阿稿要回去了。离开时，他俩约定下次去“汹应略”打鱼。

Genb ghob vod dlil dlil:	阿蓉问阿稿：
Dangl mangt menb dax nenl,	一条山路长又长，
Dlof git fenb Zenx Ghol,	深夜才来到五果，
Mob dok zot dees laol Ghaol?	来时黑在哪截路？
Nios Ghangk diangd pangb kad lial:	阿稿回答说：
Liangl mak jib Dangx Niol,	我到党鸟天已黑，
Wal dok zot jib venx jangl,	靠火把来照亮路，
Dil Vangt Vangk dax nenl,	途经央寨一路来，
Jus dieek wieex fenb Nngd Ghol.	好不容易到五果。
Buf mox bak neix veeb haod denl,	来到榕江时，
Xangk mox meis neix eb hed yal,	看到有一家，
Buf Yongl Yeek neix gab zaid nongl,	门口放磨石，
Kheek mieex gib hed dongl,	屋角雕龙凤，
Nias langt ghab nod laol.	觉得这便是妹家。

Niux Yongb vod dlil dlil: 阿蓉回答说：

Neis deix deeb neid laol, 据你这么说，

Deib lab gongl ghos ghees nieet eb ghend nail, 一路挺艰辛，

Mak jox hvangb zaid vangl. 阿妹挺难过。

Dal diangd dinb gangt dinb niul, 阿稿说一言，

Yok diangd lab vut lab bal, 阿蓉回一语，

Dongs jul seet veeb mongl, 诉说心里话，

Xens jul vut lab bal, 倾诉男女情，

Xens max jul hvub bal, 旧语道不完，

Hvub vut mal menk niangb laol. 新话又开始。

Zek max jul lab jangl, 旧菜吃不尽，

Lab vut ghob mal menk niangb laol, 新菜又添来，

Seef max jul seb dol, 甜言蜜语难分散，

Seb gangt mal menk niangb yenl, 情人相见两依依。

Dliab het bail xis diub nongl, 千言万语说不尽，

Gheeb ghob ghat dias yees dlenb vangl. 公鸡打鸣声连声。

Ghaol jens diangd laol pangb dlil: 阿稿把话说：

Qak nod laol lius ghat laol bab mul, 公鸡在打鸣，

Ghob diangl dos mangt mul ob dangl,	夜已对半分，
Laol gos nit mul Ninb Yongl.	离别且休息。
Bieel yees diangd laol pangb dlil；	阿蓉回答说：
Dal seef ghot bail dot jul seb dol，	柴尚燃不尽，
Yos jeef mab dot jul hvub mongl，	话还说不完，
At deel gos nit mul Khab Ghaol ？	何谈到分散？
Ghaol jens diangd laol pangb dlil:	阿稿解释说：
Jul vus diot bail ab laol,	哥家路途远，
Dlial ib mangt wal ghenb dol,	昨天忙赶路，
Niok zot laol kab bail,	火把灼伤手，
Wal ghos gos nit dal ngab ngol.	实在很瞌睡。
Ninb Yongl ghos hveet mul zaib dlenl,	阿蓉去铺床，
Dliok bongt laol bieeb yul.	铺好新缎被。
Ghaol Jens diangd laol pangb dlil:	阿稿把话说：
Dleef nod dleef bieeb yul,	这些新缎被，
Mieek diot dal ninb Yongl,	留给阿蓉睡，
Mox dliok neid dleef bieeb bal,	阿哥贱命人，

Bongk ghaot dial Khab Ghaol.	能保暖就行。
Bieel Yees diangd laol pangb dlil:	阿蓉回答说：
Wal gees dees dliok neid dleef bieeb bal,	阿稿富家子，
Bongk ghaot laol ghangb Ghaol,	应睡好被子，
Muk vangt Bail Qub vangl,	旧被阿哥睡，
Ab dot diok neil Ghaol.	与情理不合。
Vif jit daos niox wieel,	阿哥且莫说，
Vif not mul saos nab lol,	话传到母亲，
Ninb niul laol cat was dliub dol,	知道批评我。
Ninb Yongl ghos vongk hveet mul zaib dlenl.	阿蓉铺好床，
Dliof bongk neit dial Khab Ghaol,	绸缎铺床垫，
Bongk jenk ghot dal taob xal.	颜色鲜艳艳。
Ghaol Jens diangd laol pangb dlil:	阿稿感谢说：
Dleef jenk diot gil ninb Yongl,	这床给妹睡，
Bongk ghaot laol bab wal.	哥只要破被。
Bieel Yees diangd laol pangb dlil:	阿蓉回答说：
Wal geex deeb dliof bongk ghaot laol bab Ghaol,	让哥睡破被，

Longs kheet Bail Qub vangl,	敷衍好心人，
Ab dot diok liub neil,	于情理不合，
Mox jeef jit daok niob wieel,	阿哥且莫说，
Hob jeef not mul saok nab lol,	话传到母亲，
Meik sat was dliux dol,	知道批评我，
Mob bieet daos laos Deib Ghaol.	阿哥请安心。

Ghaol Jens diangd mul dlab nongl,	阿稿去睡觉，
Gok nit mul jeeb denl.	很快进梦乡。
Bieel Yees diangd laol jab Ghaol,	阿蓉到火堂，
Saos niat bail jab dol,	生火把饭煮，
Saos niat dangl Khab Ghaol,	备饭给阿稿。

Ghaol Jens diangd feil ngab ngol,	阿稿听动静，
Dlof dliat ghas jab dol,	起身到火堂，
Ghaol Jens mangt ghaol dlongb denl,	背着大马刀，
Dlongb denl ghos mangs dlad liangl,	刀鞘挂腰间，
Nix eb ghob vongl vongs diangd bol,	牛找路回圈，
Deix Khab ghob vongl vongk diangd vangl,	阿稿把家回。

Ninb Yongl ghos vod dlil:	阿蓉来挽留：
Sangs dees dal nix eb diangd bol,	就讲到回家，
Dees wal Deix Khab diangd vangl,	匆匆把路赶，
Mox laol taik fenb seed mul,	急着退回去，
Mob vangl meis naik geed bail,	回阿哥故乡，
Ab dot diok niux neil.	没有这道理。
Ghaol Jens diangd laol pangb dlil:	阿稿回答说：
Faib jol nink gud diul,	哥家路途远，
Niangb jol bongk daid lial,	一条路漫长，
Baib ninx nof jul bail,	提前把路赶，
Baib diux nof daol gongl.	早起才到家。
Bieel Yees diangd pangb kad lial:	阿蓉又来说：
Wal saos niaf diot menb nex wieel,	饭已准备好，
Het denk menb geed mul,	吃罢饭再说，
Menb mul jeef saod feil,	早早离开去，
Xeeb menb mul das xus geed gongl,	中途要饿饭，
Yongl Yees mab hangd niangl.	妹于心不忍。
Xeeb mox niangb mox Ninb Pangb Jid Dil,	阿哥到底忙回家，
Mongl Eb Bub deed bail,	还是忙去见宁庞，

Mox kheik niaf mob geed bub Jid Dil,	宁是饿肚也要走，
Lieet Ninb Pangb geed ngangl.	可是想念庞姑娘。
Ghaol Jens diangd dax pangb kad lial:	阿稿回答说：
Sangs dees menb dlaox wal,	你真会说笑，
Jeef Ninb Pangb Jid Dil,	提那庞姑娘，
Jeef at liux ib neil?	说她做哪样？
Dal eed nof dios Ghongl dab mol,	宁庞是阿拱[①]表妹，
Neix bak nof dios Ghongl qub yul,	父亲是阿拱姑爹，
Neix kheet dlas henb dlial,	他们是亲戚常走，
Jeef xos niox niangb deel,	少说一些还要好，
Jeef not dlaix hvub mul,	多说让阿拱知道，
Mul saok eed deix Yeeb Ghongl,	话传到阿拱耳朵，
Deix Yeeb max hol wal,	阿拱来找我麻烦，
Niox ninb diot bail jul,	叫我跟宁庞成婚，
Qak miees wal niox niangb ghent mul lil,	让我去捡烂摊子，
Ab dot dios gil Yongl.	这样我可不同意。

① 阿拱：本歌中的主人公之一，与阿蓉、阿稿形成复杂爱情关系。

Genb nof diut ghak leel leel.	阿蓉哈哈笑。
Yongl meis diangd laol pangb dlil:	蓉母来说话：
Gangf diot dal Khab Ghaol,	把阿稿留下，
Gangf niat Bail Qub vangl,	叫他别忙走，
Niongs niaf eed Ghaol geeb mul.	吃好饭再去。
Ninb Yongl laol yus od mongl,	阿蓉再次留阿稿，
Vab Ghaol dlens dax deel,	拉阿稿衣角，
Ob mul niongs niaf menb geed mul.	留阿稿吃饭。
Yongl meis diangd laol pangb dlil:	阿蓉母亲也来说：
Jox ghob dal lok at deeb daid lial,	今天赶远路，
Faib gongl nink diob deix dlial,	一定很辛劳，
Xeeb mul das xus eed niob geed gongl,	中途会饥饿，
Vongk hveet leix meib kheed Ghaol,	已叫阿蓉备盘缠，
Kheeb niat dios ghaol mul,	打包糯米饭，
Vongs hveet leix meib kheed xul,	还包腌鱼肉，
Kheeb it dios Ghaol mul,	阿哥携在身，
Khab mul langt ghas dlenl gongl,	半路饥饿时，
Kheik niaf geed laol tiongb Ghaol,	解开饭来吃，

Dot vuk diot Ghaol henb gongl,	吃饱再赶路，
Khab Ghaol nof dot vus langt Bail Qub vangl.	那才走到家。
Deix Khab ghob xod dil,	阿稿起身要离开，
Ghaol ghos mab at yok dangl Yongl.	丝毫不愿再等待。
Yongl diangd nias laol mul,	阿蓉赶快追出门，
Nias langt Ghaib Vax vangl,	追到垓亚[①]这一段，
Lab vangl Wut Juk sangx bail.	一个乌九的寨头。
Khab ghos daol ib dlaot nink niox Yongl.	阿蓉追不上阿稿。
Niux Yongb vod dlil dlil:	阿蓉把话说：
Diongx niangb neid dangl niul,	你在原地等一等，
Mox niangb neid dangl wal,	我有好消息给你，
Wal geed pangb lab diot bieel Ghaol,	不等哥会后悔的，
Liangl hveeb diot Ghaol mul.	说完哥就可以走。
Khab es bongk max xul,	阿稿听是好消息，
Ghaol deif nink max gil,	不再把阿蓉抛开，

① 垓亚：地名，今榕江县梨子园社区一带。

Deix Khab niux niul dangl.	停下留在原地等。

Yongl Yeek diangd pangb kad lial:	阿蓉对他说：
Ob ghob diongl wiees diongs wieex dil,	我们刚刚才认识，
Diongl wieek Yongf wieex Ghaol,	相互都还不了解，
Liangl jas gheif niux del.	还像陌生人一样。
Nix eb vongl vongk diangd bol,	哥匆匆忙忙回家，
Deix Khab ghob vongl vongs diangd vangl,	好像对家不放心，
Mox taik diot Ghaol ninb dinl,	好像思念父母亲，
Meis dif gil eb liol,	你那么着急回去，
Ab dot diok ib neil.	有点不符合常理。
Liangb Ghaol dlink deid bail,	阿蓉边说边拉稿，
Vab Ghaol dlink od mongl,	拉阿稿衣袖，
Gangf Ghaol dlink deid bail,	掐阿稿手心，
Liangb genl genk deid bail.	掐稿手头肉。

Ghaol Jens diangd laol pangb dlil:	阿稿疼痛说：
At deeb mox laol vongk hveet laol liangb bail,	掐我那么痛，
Lok liut niangl daib nial.	手都脱皮了。

Bieel Yees diangd laol pangb dlil:	阿蓉回答说：
Wal ghos jis bot wal liangb Ghaol,	我一肚子气，
Liangb lot Ghaol daib nial.	掐痛才出气。
Ghaol Jens diangb diot Yongl baib bail,	稿捶蓉三下，
Nangk neid Yongl diub ghongl.	恰好对酸筋。
Bieel Yeek diangd laol pangb dlil:	阿蓉把话说：
Mox hob nangk neid wal diub ghongl,	捶到我酸筋，
Nangk neid wal diub jeel,	晚上睡不着，
Nangk not ghongl diub mul.	腰弯直不起。
Ghaol Jens diangd laol pangb dlil:	阿稿也说道：
Wal nangk at dal fieeb bail,	我是轻轻捶，
Wal geex deeb nangk diot ghongl diub Yongl?	怎么舍得捶疼你？
Ghaol Jens diut dal lab leel.	阿稿哈哈笑。
Ghaol Jens diangd laol pangb dlil:	阿稿接着说：
Dal niangb hvangb neb dind nail,	如果妹真心交友，
Yos mul niangb hvangb xongb Ed Ghaol,	把我当作知心人，

Vus mait jox Xongb Yend Liol,	我们定下次约会，
Xil Bongx Seeb yangd nail,	约去汹应略[①]打鱼，
Not nail leik geed bal,	那里鱼很多，
Bub feil ob dins yongl diot Xongb Yend Liol,	下次你来汹应略，
Dins Ghaol diot Xongb Yend Liol,	下次我去汹应略，
Lab xil Bongx Seeb bangd nail,	约定到那里打鱼，
Bub Yongl ngak xit mox ngil,	不知阿妹肯不肯，
Bub dal Genb Yongl jeek xit bax wieel?	是否有时间前去？
Bieel Yeek diangd laol pangb dlil:	阿蓉回答说：
Xens diot dal Xab Ghaol,	实话告诉你，
Wal eb nongk bend dlif nex liul,	露水历来润树叶，
Lab gongl xas bend dlif Xongx lol,	姑娘本来就离家，
At deeb max jees bangd nail,	怎么说没时间去，
Mox khob jul deix vus xid neil.	阿哥你不用担心。
Niux Yongb laol vod dlil:	阿蓉接着问：
Khangk nab dees dax wieel?	约定哪天去？

① 汹应略：地名，今平江乡八瑞河段一带。

Deix Khab vod dlil dlil:	阿稿回答说：
Dliab yul saok kheet nab nix nenl,	人办喜事选牛、鼠，
Ob wal dat leik bend genb yongx yul,	我们约会选兔、羊，
Mangt seik neid mob dax bail,	兔、羊日你来，
Mangt seik neid baib dax deel,	午、未日我到，
Jit jas diot Xongb Yend Liol,	前往汹应略，
Lab xil Bongx Seeb bangd nail.	去那里打鱼。

Niux Yongb haot hol hol.	阿蓉说好好。
Niux Yongb diangd laol vangl.	阿蓉回家来。
Deix Khab haot hol hol,	阿稿说是是，
Deix Khab jeet bail mul.	阿稿回家去。

五、打鱼趣事（Dieeb nail dat leis）

两人应邀，双双赴约，阿稿路程远，半夜就出发，早早来到目的地等待。阿蓉也按时去了，但是路上遇到阿拱也在河里打鱼，她去跟阿拱打鱼，希望阿拱能打鱼给她，谁知阿拱技术不好，打不到大鱼，只能送只螃蟹给阿蓉。阿蓉失望地到约会地点找阿稿。阿稿还在原地等待，想走又担心阿蓉来，留下又实在难耐，好在终于看到了阿蓉的身影。两人在河边打鱼，阿蓉用“篆”捞，尽得小鱼；阿稿拿网撒，全得大鱼。中午，他俩在河边烧鱼吃，恩恩爱爱，回味无穷。离开时，阿稿把大鱼全都送给阿蓉，自己则带些小鱼回家，并约定下次去“摆否”吃桦槁。

Yongl mul xens diot Yongl ninb niul:	阿蓉回家跟妈说：
Meis nais bail jab dol,	母亲啊母亲，
Bongs dees eed genb yongx yul?	哪天是兔、羊？
Bub leit dees neid genb yongx yul?	何时才到午、未日？
Mangt dees neid baib bangd nail,	约好那天去打鱼，
Nias dal Khab Ghaol dat leik diot XongbYend Liol.	阿稿约在汹应略。

Yongl meis diangd pangb kad lail:	阿蓉母亲回答说：
Haob mox jeef jox genb yongx yul,	你说那个兔、羊天，
Feil deet lab yongx ghol,	明天就是兔、羊天，
Feil deet ghos genb yongx yul,	既然日子已定好，
Langt seik eed menb dax mul.	那么明天你就去。
Yongl meik diangd mul jab ghaol,	母亲给阿蓉蒸饭，
Saos niat bail jab dol.	饭在火上蒸。
Bieel Yees diangd mul qub nial,	阿蓉去准备渔具，

Yuk kut laol sab seil,	翻找她鱼篆[①]，
Zos kut mul dieeb nail,	准备鱼篆去打鱼，
Leis ghob dat Nenl Seeb Liol.	约定地在汹应略。

Ghaol laol xenk diot Ghaol ninb niul:	阿稿回到家，
Meis nais neid bail jab dol,	也跟母亲说：
Nab nod wal dieeb nail,	今天我想去打鱼，
Leis ghok dat Nenl Seeb Liol.	划船到汹应略去。
Ghaol hvad dinb sangl lol,	阿稿去看船，
Gil ghaot xongs lenl dongl,	先看条大船，
Xongs pieet mak bail lenl,	七块板相连，
Sangl nod sangl qab yul,	这是渡河船，
Dof fens neid mul ob dangl,	专门接人渡江边，
Mieek at nenx fenb jongl,	让它继续渡行人，
Laos at jox niongb ghail.	美名传千古。
Diangd mul hvad dinb sangl diangl,	再看条小船，
Vil ghaot jus lenl dongl,	旧船一张板，
jus pieet mas bail lenl,	这是独木船，

① 鱼篆：打鱼竹具。

Sangl nod sangl dieeb nail,	专门拿它去打鱼，
Leik dat dal liub nenl.	常年在河中。
Khab Ghaol ghos dinb det dinb yux liol,	阿稿撑一竿，
Qab wax wus dax nenl.	船晃悠晃悠。
Qab langt Xongb Yend Liol,	来到汹应略，
Xil Bongx Seeb bangd nail.	崩舍的下流。

Kheeb niangl miees jad sangl,	阿稿栓船在河边，
Ghenb bongx fais geed nenl.	让船漂在河塘上。
Xas diot guf gox gul,	然后走上岸来等，
Guf gox veeb hvad Yongl,	放眼往下望，
Mongt mul eb mul nenl,	到处找阿蓉，
Mongt mul jus mul bail.	寻阿蓉身影。
Yongl ghot mab dot dax ib neil,	阿蓉不按时赴约，
Mul meib jab dliud dliul,	阿稿拿出取火器，
Bail jab sob vud niul,	找来干树叶，
Veeb dlob xangk gangx dol,	稿钻石取火，
Dieek dal ghab bal zal,	火星四处飞，
Mul kab jab dliud dliul,	引燃干茅草，
Bail jab dlob vud niul.	烧旺河岸边。

Deix Khab nof nex dol,	阿稿坐下把烟抽，
Ghaol nof hek yangb guf gox gul,	一支接一支，
Guf zeet lens sangx bail.	不见阿蓉来。
Dangl ghot laix gheb dangl:	阿稿心里想：
Haot mul diangd niox hveeb Yongl,	等待就浪费时间，
Ninb Yongl ghot bail dot dax ib neil.	不等又怕妹伤心。
Max bub dal Niux Yongb ghob geed nial,	实际阿蓉早离家，
Ninb Yongl ghos mangs kut dab ced nail,	来到汹架澡[1]，
Veel mak mongt Xongb Jad Zaol,	放眼望河边，
Diangd buf Deix Yeeb bangd nail,	阿拱在打鱼，
Leis diangb dat Xongb Jad Zaol,	阿蓉走到汹架澡，
Xil bongx dlab geed nenl.	看阿拱打鱼。
Niux Yongb vod dlil dlil:	阿蓉心里想：
Ghongl ghot nab mangt longk nail,	阿拱天天在打鱼，
Ghongl bend bub kut jak bieel,	肯定会打得大鱼，
Miees wal ninb Yongl qangb jut mieek dangl,	我去看一看，
Dal liub benb diot yeek bail.	或许得鱼送给我。

① 汹架澡：河名，今榕江县古州镇水家寨河段。

Max bub seib veeb nof max saok bieel,	谁知石头大，
Eb daob max gok nail,	网不到河床，
Xenb nof peib pieet liongk mul,	鱼钻石缝去，
Yangf jus dal genb diob jeet mak bieel,	只剩只螃蟹，
Qub dab diot Yeek bail.	捡来送阿蓉。
Ninb Yongl ghos pob niub angt diak wongl,	阿蓉心里酸，
Job dlinb diot juk Ghongl.	暗自骂阿拱。

Yeeb Ghongl ghos mul deb leb xut niangk zeil,	阿拱来不及挽留，
Ninb Yongl mul xob dab leet faik bail,	阿蓉早早就离开，
Laix jox Xongb Yend Zenl,	来到汹应怎[①]，
Xil Benx Genb geed nenl,	路过汹应怎，
Fab dliat Xongb Yend Zenl,	来到本根河[②]，
Xil Benx Genb hed xol,	走过本根河，
Laol langt Ghenb Deed Xol,	来到根德学[③]，
Langt jox Xongb Yend Liol.	最后才到汹应略。

① 汹应怎：河名，今榕江县平江镇附近河段。

② 本根河：河名，今平江镇八瑞附近河段。

③ 根德学：河名，今三江乡溪口附近河段。

Ghaol jenk mongt mul eb mul nenl,	阿稿仍在等，
Mongt mul juk mul bail,	他看河边有人影，
Buf Niux Yongb geed nial,	近看原来是阿蓉，
Ninb Yongl ghos mangs kut dab ced nail,	阿蓉背篆下河边，
Ghaol Jens diangd dax pangb kad lial,	阿稿赶快去迎接，
Mox dab laix geeb neid mul?	妹怎么现在才到？

Bieel Yees dax pangb kad lial:	阿蓉回答说：
Jeef wus diot deix khab nangd wieel,	你先听我说，
Wal jak Ghongl diot Xongb Jad Zaol,	我在汹架澡，
Lab xil bongx dlab bangd nail,	遇到阿拱哥，
Ghongl nab mangt lok nail,	看见阿拱在网鱼，
Ghongl bend bub geed jak bieel,	认为他会得大鱼，
Mieek dal liub diot Yees bail.	送给我一个。
Ghongl nok max bub geed jas bieel,	谁知阿拱不会网，
Nail peib pieet liongs mul,	鱼钻石缝去，
yangf jus dal genb diob jeet mas bieel,	有只螃蟹爬渔网，
Yeeb Ghongl ghos qub dab diot Yees bail,	捉来送给我，
Wal Niub Yongl ghos laol pob niub angt dias wongl,	见是螃蟹就生气，
Job dlinb diot juk Ghongl,	骂他没出息，

Niox hveeb diot Yees laol. 所以我才来得慢。

Ghaol Jens diangd dax pangb kad lial: 听完阿稿把话说：
Xeeb mox ghob mul nias Deix Yeeb jangd veel, 看妹早把阿拱爱，
Yees dot laib neid mul, 妹才去看他打鱼，
Nof laix gheb geed bal. 害我等了那么久。

Bieel Yees diangd pangb kad lial: 阿蓉回答说：
Wal jeef wus diot mox khab Ed Ghaol, 实话已经告诉你，
Deb xib mob khed dlel, 谁知你那么小气，
Mob mul gheet lab ghangb neid laol, 说那么多赌气话，
Zaot naos leix baib jeed dal, 真让人伤心，
Xut xik wal Niux Genb nod mul. 伤害我自尊。

Ghaol Jens dax pangb kad lial: 阿稿把话说：
Baib hangd deeb jeef wus dax niangb khangd leel, 哥只随口说，
Bieel Yeek dax job Ed Ghaol, 没有带恶意，
Xif Yees niox hvangb neid mul. 谁知伤妹心。
Ghaol Jenk diangd dax pangb kad lial, 阿稿把话题引开，
Bongs nof fat lab daix mul, 避免一场不愉快，

Sal jeef deix hvub qad jongl,	找开心话说，
Bongs mul fat ab dlod nenl.	忘掉刚才不愉快。

Ninb Yongl mol mangs kut mob ced nail,	蓉在浅水捞，
Mob kut deif xongb diongx leel,	捉些水爬虫，
Kut deif niangb bongx nenl.	小鱼和虾子。
Ghaol Jenk laod gheb beil nail,	稿进深水区，
Beil leis diot Wul Mongl,	打鱼是专长，
Ghaol Jens mul meib ced bieel,	他去拿渔网，
Jus zenf deix lab bongx bail,	上游网一网，
Jus zenf gos zeib dal,	得五条大鱼，
Xongs zenf gos zeib meil,	下游网一网，
Gos mieef leis seib sangl,	七八条大鱼，
Nail haot genb dax bail,	最小就像手掌大，
Leis haot nex xob vongl.	大鱼好比芭蕉叶。
Deix Khab vod dlil dlil:	阿稿问阿蓉：
Mob gok mal gok Dod Yongl?	妹捞得鱼吗？

Niux Genb vod dlil dlil:	阿蓉回答说：
Gok deix dab nail mongl,	我捉到一些，

Nail haot dab deid bail,	鱼像小指头，
Leis haot dliub hed yeel,	有的像头发，
Dal liub nail leis ghob heed dlil,	大鱼篆边过，
Dal yut nof peib niux nial.	小鱼才进篆。
Ghaol Jens diangd dax pangb kad lial:	阿稿把话说：
Mob nail haot dab deid bail,	妹鱼像指头，
Leis haot dliub hed yeel,	细鱼像头发，
Laob kut miees neix mul,	妹鱼都很小，
Wak diot eb dlod nenl.	不如放生好。
Niux Genb diangb vod dlil dlil:	阿蓉问阿稿：
Mox gos xit max Khab Ghaol?	你网到鱼吗？
Ghaol Jenk diangd dax pangb dlil:	阿稿回答说：
Wal gok dot zeib dlob dal,	我网十多条，
Zeib diut dal seib sangl,	五六条大鱼，
Vongk hveet mox mul qeeb dol,	去拉柴来烧，
Ghok zot ob bieex nail,	咱们做烧烤，
Jit leis diot ob nex ghaol,	烧鱼来下饭，

Niongs niat ob geed mul.	已是晌午时。
Bieel Yees diangd mul qeeb dol,	阿蓉拉得干柴来，
Ghaol Jens meib qid dol,	阿稿生火来烧烤，
Jit leis meib nex ghaol,	烧鱼来下饭，
Niongs niat niangb bongx nenl.	河边吃野炊。
Gheib dlinb daib venx bail,	饭前召唤土地公，
Gol bongs nios dax ngangl,	再喊老祖宗，
Laol tiongb genb leed ghaol,	老人吃在先，
Niongs niaf ghas bongx nenl.	小孩吃在后。

Ghaol Jens diangd laol pangb dlil:	饭后阿稿说：
Nab diut gos liangx wangl,	太阳已偏西，
Nab bail jus yud leel,	时间已不早，
Jus dof langs niax ninl.	太阳要下山。
Laol ob jit bab bongb bangd nail,	咱们来分鱼，
Jit dok veeb vud dieel,	分鱼好分路，
Ob diux nof daol gongl,	哥路途遥远，
Bail ninx nof jul bail.	早回才到家。

Bieel Yees diangd laol daib hol:	阿蓉回答说：

Dios neid dal Xab Ghaol.	阿哥说在理。
Ghaol Jens diangd mul qangb nail,	阿稿把鱼穿成串，
Qangb dent laol dios ninb Yongl.	选得一挑送阿蓉。

Bieel Yees diangd laol pangb dlil:	阿蓉把话说：
At deef mox qangb dent laol dios ob wal,	哥送鱼太多，
Dab liub mox Jenk deed mul,	分一半出去，
Meib nail leek niangx xol,	阿哥带回家，
Mox mul dleib mox meis xud dol,	好让父母吃，
Kub meis naik ghot niangb mox dangl.	可怜父母在家等。

Ghaol Jens diangd pangb kad lial:	阿稿回答说：
Mox jeef deix gongb bangd nail,	提打鱼这事，
Nail vut niangb Deel Diul,	好鱼在德丢[①]，
Leis vut niangb Deel Diul,	大鱼在德丢，
Dat max bieek Deel Diul,	德丢河鱼吃不完，
Wal meis bend nab nab ngangl nail,	父母想吃尽管打，
Wal meis max daib ngangl nail.	他们不爱鱼。

① 德丢：河名，今榕江县三江乡冷依附近河段。

Kheik ik neix mul dieeb ghol,	要想吃肉就杀鹅，
Das aot dlinx genb jul,	舂碓边来把鸡杀，
Dak aok diot wal ninb ngangl,	鸡鸭多得吃不完，
Wal meik ghot max tiongb nail?	他们哪还吃鱼虾？
Nof was diot Niux Yongb mul.	妹尽管放心抬去。
Niux Yongl vod dlil dlil:	阿蓉把话说：
Wal ghenb diot wal jeel,	好大一挑鱼，
Wal benb ghent leis mul ngangl.	恭敬倒不如从命。
Ghaol Jens diangd laol pangb dlil:	阿稿强调说：
Xens diot gil Ninb Yongl,	哥劝妹一句，
Haob mob mul jas neid bangl kheb nenl,	遇到熟人妹躲开，
Jas neid gil dliab yul,	遇到朋友就回避，
Yul waik diangd laol pangb dlil,	他们会刨根问底，
Mob mul dees eed mul xob nail.	问鱼从哪里打来。
Nail leis ghent dal yenb yangl,	保密不告诉他们，
BieelYeek diangd laol pangb dlil,	阿蓉你要岔开说，
Dliab yul lias fat mal gheeb ghongl,	人们有钱买鸡鸭，
Ob wal xos gheit ob ghot mal genb nail,	阿蓉无钱买鱼虾，

Leis ghent dal yenb yangl.	花钱买得一挑鱼。
Ghaol Jenk diangd laol pangb dlil:	阿稿接着说：
Mob geed mul wiees laot mul dleib yul,	阿妹编谎言哄骗，
Yul wais nof mab jut Ghaol genb nail,	一群外人未发现，
Leis dat Nenl Seeb Liol.	约会汹应略打鱼。
Niux yongb haot hol hol.	阿蓉说好好。
Niux yongb diangb vod dlil dlil:	接着阿蓉问：
Nab nod baib sal nail,	今天来打鱼，
Leis dat Xongb Yend Liol,	约在汹应略，
Ghaol mox taik leet Ghaol ninb dinl,	明天你回家，
Meis nais bail jab dol,	到父母身边，
Bub langt xif dees eed khab dax deel,	何时阿哥来，
Leik diangb dat Xongb Yend Liol?	续约汹应略？
Deik Khab vod dlil dlil:	阿稿回答说：
Bub feil baib diangd dins yeek diot Bail Fol,	下次约定去摆否[1]，

① 摆否：地名，今古州镇高文村枫树坪一带。

Dins jenk diot Bail Fol,	到时妹赴摆否去，
Sent Liangx Yongb dangl bail,	阿哥也到摆否来，
Sent Liangx Yongb geel fol.	相约摆否吃桦槁[①]。
Niux Yongb haot hol hol.	阿蓉回答说好好。

六、分享桦槁（Nex fol hek naos）

阿蓉和阿槁回到家，双方母亲都发现这次打的鱼不像往次那般，分别问话，才发现他俩已经相爱。到了吃桦槁的时间，在赴约时，阿槁又是半夜赶路，先到目的地等待，阿蓉虽然距离近，但是她因各种家务拖累，加上路上跟放牛娃搭讪，迟迟不到，阿槁欲走又担心阿蓉来，等到万分焦急才终于看到阿蓉身影。阿蓉和阿槁在坡上分享桦槁，一个嚼喂一个，恩恩爱爱，享受野外的幸福生活，尽兴了才把家回。阿蓉邀请阿槁去他家，阿蓉父亲知道阿槁是打鱼能手，希望阿槁能再次打鱼送给他家，好为鼓藏节准备。

Niux Yongb ghob diangd laol vangl,	阿蓉回榕江，
Deix Khab diangd laol bail.	槁也回摆韶。
Niux Yongb leet Wul Ghol,	阿蓉到五果，

① 桦槁：树名，树皮内膜可食，香甜略涩。

Wangs Zenx Linb dangl nenl,	王岭下边寨，
Fens dax dongb vangl diul,	亲朋都来看，
Fens dax heb veel niul.	贺她得大鱼。
Yul wais dax pangb diangl wangl,	个个都来问，
Mox Genb Yongl mul dees dot dab nail dal,	阿蓉不会水，
Nail haot nex xob vongl?	怎么捉得鱼？
Leis mul haot diongb dax bail,	小鱼像手掌。
Leis mul haot nex xob vongl,	大像芭蕉叶，
Nail bend niangb vut vangx bub leil.	实在很漂亮。
Bieel Yees diangd dax pangb dlil:	阿蓉回答说：
Dliab yul fat liak yul diangd mal gheeb ghongl,	别人钱多买鸡鸭，
Mal aot gas diot yul ninb ngangl,	买鸡鸭孝敬父母，
Ob wal xat liak wal diangd mal genb nail,	阿蓉钱少买鱼虾，
Lis leis diot wal ninb ngangl.	买下鱼虾父母吃。
Venx dliab ghob haot hol hol.	人们都回答是是。
Niux yongb ghent mul vangl,	阿蓉来到家，
Meis dax pangb kad lial:	母亲问话说：

At deeb jeef nius eed wal dab xax nial,	平时得小虾，
Mob kut deif niangb bongx nenl,	浅水无大鱼，
Sal dot deix dab nail mongl,	得鱼都很小，
Nail haot dab deid bail,	大鱼像指头，
Leis mul haot dliub hed yeel.	小鱼像头发。
Diees nod wal dab xax nial,	这次蓉打鱼，
Kut deif niangb Yend Liol,	去汹应略打，
Mox diangb dot deix dab nail dal,	尽得大鱼来，
Nail haot diongb dax bail,	小鱼像手掌，
Leis mul haot nex xob vongl.	大像芭蕉叶。

Niux yongb vod dlil dlil:	阿蓉回答说：
Diees nod Ghaol dieeb nail,	今天行好运，
Leis dat dal seib sangl,	遇见阿稿哥，
Yok git laol bab wal.	阿稿送我鱼。

Yongl meis diangd laol pangb dlil:	阿蓉母亲说：
Jeef nius eed wal dab xax bal,	过去不行运，
Mens xat wal dab saix diul,	遇见陌生人，
Jas diul jak yeet genb yox gheil,	坏人可怕多，

Menb laol hangb leif vus nax niul.	吓得你哆嗦。
Diees nod wal dab xax leel,	这次行好运，
Mens vut genb saix ghaol,	遇见好心人，
Jak Ghaol ghangs dangx dlaol,	摆韶阿稿哥，
Nof dot ib dongx nail,	送鱼我下锅，
Dob dent laol bab nax lol.	让老人分享。
Bub feil wal ninb mul saos diot teb jux ful,	明天我拿木桶腌，
Pat nail dik nex gheil,	破开鱼肚吃鱼肠，
Pat nail niangk nex gheil,	取鱼肠苦胆，
Diut nail dif bieex dol.	烧烤大家吃。
Dal yut meik nex mul,	小鱼煮在先，
Dal liub mul saok jenx xul,	大鱼拿去腌，
At xul miees dax dangl.	客来好招待。

Ghaol diangd xak langt Ghaol ninb dinl,	阿稿回到家，
Meis dif gil eb liol,	来到摆秋寨，
Dlial dliongs langt Bail Qub vangl.	到父母身边。
Ghaol meis diangd laol pangb dlil:	娘亲问话说：
Jees xat Ghaol dieeb nail,	过去你打鱼，
Leis dat Nenl Seeb liol,	每次下河边，

Ghaol ghos dot deix dab nail dal,	都得大河鱼，
Dliok leis dal liub jend jul,	小鱼像舂碓，
Nias niangx feeb deed laol.	大像芭蕉叶。
Diees nod wal dab bangd nail,	这次你打鱼，
Leis dat Xongb Yend Liol,	去汹应略打，
Xil Bongx Seeb geed nenl?	这次因何事？
mab dot dab nail dal,	大鱼不见条，
Sangs dees ghot mab dot dab nail mongl,	小鱼不见个，
Was niangx feeb leel mongl.	船舱里空空。
Ghaol Jens dax pangb diangl wangl:	阿稿回答说：
Wal xens diot dal ninb niul,	娘亲不知道，
Meis nais bail jab dol,	实话告诉你，
Mox jul vus xix ninb niul,	没鱼别操心，
Jeef nius eed baib xax bal,	过去不行运，
Wal Khab Ghaol mens yangs neid baib saix diul,	打鱼遇见陌生人，
Jas diul jak yeet baib yox gheil.	遇见坏人吓掉魂。
Dieek nod baib xax leel,	这次行好运，
Jas Ninb Yongf Zenx Ghol,	遇见了美女，
Lab vangl Eb Dongf sangx nenl.	真让人惊喜。

Yongl diangd dlob dof naox seil,	阿蓉白又美，
Zenl eb bof diux vongl.	像井上清水。
Baib dot deix dab nail lol,	我打的河鱼，
Gos leis liub jend jul,	有的像舂碓，
Bab diot Ninb Yongf bail,	有像芭蕉叶，
Ghent dias wab mul nenl.	全送给她了。
Ghaol meis diangd pangb kad lial:	阿稿母亲说：
Haot max dab Zenx Ghol,	听说阿蓉美，
Xix deex dab Zenx Ghol,	阿蓉确实美，
Mob bait nix eb dlod nenl.	名传四方寨。
Bab deix dab nail dal,	把鱼送给她，
Lios leis liub jend jul,	阿蓉拿鱼去，
Jangs diot Niux Yongb deed mul,	自然感兴趣，
Miees mul miees at nenx fenb jongl,	留下美名来，
Laos at jox niongb ghail,	传千年万代，
Bait yul yenk bub nenl.	亘古永不变。
Ghaol Jenk dax daib hol hol,	阿稿说是是，
Dios neid dab dal lol.	是这样母亲。

Ghaol Jens diangd pangb diangl wangl:	阿稿接着说：
Wal xens diot dal ninb niul,	母亲啊母亲，
Meis nais bail jab dol,	好事告诉你，
Bub feil baib diangd dins yeek diot Bail Fol,	上次我打鱼，
Dins jenk diot Bail Fol,	离开时有约，
Sent Liangx Yongb dangl bail,	相约去摆否，
Sent Liangx Yongb geel fol.	到那吃桦稿。
Bub feil vongk hveet mox laol jab ghaol,	明天我想去，
Jab niat diok baib ngangl,	您备饭等我，
Ghaol ghos dot vuk baib mul.	我吃好赴约。

Ghaol meik diangd laol pangb dlil:	阿稿母亲说：
Wal meis naik geed feil jab ghaol,	明天我早起，
Jab niat diot menb ngangl,	准备饭给你，
Ghaol dot vuk henb gongl,	吃完你就去，
Ghaol Jens mob diangd laol dieeb liangl,	现在你去备银子，
Dieeb liak diot neix meib mul.	明天才好背在身。
Menb mul jas yul dab laod dol,	路上遇到人，
Niok jox vob ghongd ngangl,	有的是割草，
Jas yul dab laod dol,	有的是砍柴，

Dliab yul mul mangk zot ghaib vud laol,	担柴在路中，
Bab diot yul dab niul,	分点给老兄，
Miees at nenx fenb jongl,	做点积德事，
Laos at jox niongb ghail,	好事传千年，
Bait yul yus bub nenl.	善事传千古。
Deix Khab haot hol hol.	阿稿说好好。

Dof nab ghenb diangx wangl,	第二天清早，
Deix Khab niot laol mul,	阿稿去赴约，
Khab mul langt nink Gud Fiul,	来到古丢路，
Lab vangl Ghas Lius geed bail,	一座山寨边，
Gheeb ghob ghat nins Gud Diul,	公鸡在打鸣，
Lab vangl Ghas Lius geed bail.	山寨很安宁。
Fab dliat nins Gud Diul,	走过古丢路，
Ghaol langt nins Gud Bol,	来到古博[1]路，
Lab vangl Ghaib Menb geed nenl.	到枫树寨脚。
Fab dliat nink Gud Bol,	走过古博路，
Vangl Ghaib Menb geed nenl.	到枫树寨头。

① 古博：地名，今平江镇附近。

Xit ghob langt Nenl Bub vangl,	他来到能卜[①]，
Ghaol jenk langt Nenl Bub vangl,	路过能卜时，
Gheeb ghat dal saib dinl,	公鸡叫不停，
Haos xees ghot dal saib vangl.	狗叫声满寨。
Fab dlot Nenl Bub vangl,	过了能卜寨，
Nenl Langs niox meib laol,	继续往下走，
Ghaol langt Nenl Hvub vangl,	来到了能乎[②]，
Ghangs langt Nenl Hvub vangl,	到能乎山寨，
Dat wax daib dil vil,	东边飘白带，
Dieek wax xenb mal nial.	露一点亮光。

Veel mak mongt Bail Fol,	阿稿抬头望摆否，
Mongt Liangx Yongb mul bail,	亮雍大田的上方，
Vuk mait dab fol diangl,	多好的桦稿，
Dab fol naok diangb yent yangl yangl.	叶随风飘荡。
Khab xas bok diot Bail Fol,	他爬上摆否，
Jeet Liangx Yongb mul bail.	到亮雍大田。
Qid jenx jab dol zeel,	阿稿生火等，

① 能卜：地名，今平江镇所在地。

② 能乎：地名，今古州镇料理村。

Laot jenx lab veel niul,	摘枝叶来坐，
Denf diot xif nenb linl linl,	说好巳时来相会，
Fat xif nenb mul dangl,	现在巳时已过半，
Jeet xif genb laol sol,	午时又即将到来，
Niux yongb ghob max bail laol,	还不见到阿蓉来，
Deix khab ghos jul gheil.	阿稿感到很失望。
Wal xeeb diees nod diongx dleib niul,	看来阿蓉又哄我，
Diees nod Niux dleib Ghaol,	害得我夜半赶来，
Bend laol niot ninx ghaib leel.	到此又扑一个空。
Baib haot niangb daib ghos nangs od daol,	蹲下怕衣裤打皱，
Xob wab wal yas yud mongl,	站立就被蚊子咬，
Yas leet naos hed bail,	如果现在就离开，
Wab haot mul diangd niox hvangb Yongl,	又怕阿蓉会来，
Haot dangl diangd laix gheb dangl,	左等右等真难耐，
Mul niox hvangb Dod Yongl,	不等又怕阿蓉来，
Baib ghot dangl laix gheb xid denl.	叫我怎么办才好。
Laol mongt mul eb mul nenl,	阿稿等阿蓉不来，
Mongt mul juk mul bail,	站起放眼四处望，
Niangb diuk det fol bail,	看见桦稿发嫩叶，
Laol liangb liot veel niul,	阿稿摘木叶来吹，

Haot niox lenl ghaib laol yul,	去摘树脚那片叶，
Lenl ghaib ghot mieek lenl liol,	嫌树脚那片太老，
Niox lenl gof laol yul,	又摘树梢叶一片，
Lenl gok ghot miees lenl ninl,	树梢叶子又太嫩，
Niox lenl diongb laol yul,	只有中间叶最好，
Liangb nex diongt bail jil,	阿稿奋力去寻找，
Caob nex diot dangl geel,	放到嘴里吹，
Nex ghob but liul liul,	木叶声悠悠，
But lias lius Bail Fol.	响遍荒山野。

Fens sal pieet nex ib lenl,	人们只会吹一片，
Jus Ghaol pieet nex ob lenl,	只有阿稿吹两片，
Haot ib niof dios eed dax haob zeel,	木叶像对金芦笙，
Dias wieek langt Zenx Linb Ghol.	声音悠悠传五果。

Ninb Yongl jak sait jub naix dlil,	阿蓉听到木叶响，
Haot leis jub naix vongl,	像那溪水潺潺流，
Nail jak fat eb jux dal,	像那大河滔滔滚，
Haot yul wais gol yul,	像情人召唤，
Laot hol hais gol yil,	像商人招商，

Nab nod wal sangs gol wal,	这声音熟悉，
Lax nob diangd dias dins gol Yongl.	一直在呼唤。
Yongl Yees dax pangb diangl wangl:	阿蓉心里想：
Xit mul pieet nex ob lenl,	没有谁吹两片叶，
Ghaol Jens pieet nex ob lenl,	只有阿稿吹得成，
Hvub zenl dias wiees haot gangx xenb yenl,	声音悠悠像蝉叫，
Liangl ib niof leis jeet niux eb del.	像双河鱼水中跃。
Ninb yongl jas sait dax jub dlil,	阿蓉侧耳听，
Jub naib geed nenl xol,	听北边方向，
Eb bob but denl denl,	水流哗哗响，
Jub naib geed Wul Ghol,	听南边方向，
Hvub nib but mal mal,	水牛哞哞叫，
Jub naib pieet mul nenl,	听东边方向，
Gangx gheeb ghot gol diul,	公鸡不停叫，
Dab fab dliud diul sol,	人们在说笑，
Diangd jub naib pieet Bail Fol,	听摆否方向，
Hvub neb but liul liul,	木叶声声响，
But lias lius Bail Fol,	遍摆否山岗，
Haot yul wais gol yul,	像情人呼唤，

Laot nof bend hol hais gol yil.	像商人招商。
Ghas nod wal sangs gol wal,	这声音熟悉，
Laot nob bend dias dins gol Yongl,	是在问我名，
Niangb nod mul dees niub Yongl?	阿蓉在不在？

Genb Yongl ghos vod dlil:	阿蓉张嘴说：
Job Ghaol niangs seed mongl,	阿稿真小气，
Mob ghot gol jit daos niox wieel,	多等就怨气，
Mox khob gol fat dlongs nix mal,	一声接一声，
Dliab yul ghob diut dias mox wal,	话传给人们，
Xat ob wal sat was dliux dol,	人闲言碎语，
Gil ghob sat was mox denl.	不好去面对。
Mox dangl qat wal Yees dax bail,	哥稍等一等，
Ninb Yongl ghos zeet eb ghenb genl linl,	妹打扮就来，
Zeet eb ghenb yal veel,	先用淘米水洗头，
Yus ngeex dlob niul sel,	再用清水洗干净，
Dif seef fangs dangl jeel,	然后肩上搭毛巾，
Bub taob diot Wenl Sangl,	快步流星走，
Vongl zeet nees mul nenl.	到水井下边。

Khab Ghaol qub lab veeb bad bail,	阿稿捡石头，
Kheek niox zeib mangd denl,	刻好小记号，
Diut lob gheeb bad dil.	像鸡用爪抓。
Deef diub liub dlod nenl,	向东方抛去，
Deb haot lab veeb feid dlil,	若石头翻边，
Ninb Yongf benb max bub Ed Ghaol,	那是天意定，
Khab Ghaol bend max bub Dod Yongl.	两人无法见。
Lab veeb diangd laol jangd veel,	石头传信号，
Jus yus bax langt wenl sangl.	落到稳桑中。
Yongl diangd qub veeb laol lil,	阿蓉捡石头，
Deb haot deix veeb xud menl,	看见有记号，
Laol bend geek niox zeib mangd niul,	如果是虎咬，
Weit eb niux xud menl,	有牙印口水，
Nof dios veeb xud menl.	那叫野兽石。
Veeb nod veeb Ed Ghaol,	这颗石头有标记，
Kheek niox zeib mangd denl,	刀刻有五处，
Diut lob gheeb bad dil,	六处有标识，
Veeb nod veeb qangd Yongl,	定是阿稿石。
Niux Genb nof vuk Wenl Sangl,	阿蓉到水边，

Yongl diangd zos mak leel mongl.	把脸洗干净。
Niux Yongb diangd laol vangl,	她跑回家来，
Yongl nof xens diot Yongl ninb niul.	告诉了娘亲。
Meis nais neid bail jab dol:	蓉对母亲说：
Nab nod wal liangb dliul,	今天我去打蕨菜，
Vos zeis venx gangb niul.	到山上去玩一玩。

Yongl meik dax daib dlil:	阿蓉母亲说：
Nab nod mox vangb dliul,	话说打蕨菜，
Mox mul vos zeis venx gangb niul,	哄小孩可以，
Ghas eed diongx dleib niul,	小孩不知道，
Ghas nod mox dleib wal,	我是过来人，
Mox dles nod deix dab lol,	老人识破你的心，
Gheeb dlob xangk neid dol,	白鸡识鸟枪，
Yof bangs wal bub jud liol.	鸽子识黏糕。
Nangd Ghaol hvub nex fol,	今天阿稿约，
Fol dias wieek venx lol,	山头吹木叶，
Nab nod mob mul tiongb fol,	你是去赴约，
Hek naos diot Liangx Yongb Mieel.	约在亮雍见。

Genb nof es bongs max xul,	阿蓉谎言被识破，
Yongl deif nins max gil.	母亲不信这一套。
Ninb Yongl ghos diuk das lax leil.	开心笑了笑。
Yongl meis diangd laol pangb dlil:	阿蓉母亲说：
Jeef wus diot gil Ninb Yongl,	娘亲提醒你，
Nab nod mul tiongb fol,	今天去约会，
Vongs hveet mob kheed ghaol,	记得带盘缠，
Niaf kheed leix meib mul,	包糯米饭去，
Vongs hveet meib kheed xul,	还要包腌肉，
Ik kheed leix meib mul,	腌鱼随身后，
Zenb nenb dlod zal zal,	布匹宽又长，
Zenb nenb kheed ghaol yeel,	布匹包米饭，
Nex xob dlod yangl yangl,	芭蕉叶宽大，
Nex xob kheed nail xul.	芭蕉叶包菜。
Mob mul jak neid yul dab vud ghol,	途中遇到守鸭娃，
Lins aok Liangx Xangb Jongl,	主动分享给他们，
Bab det yul dab ngangl,	捏坨糯米饭给娃，
Mieek at nenx fenb jongl,	行善做积德之事，
Laos at jox niongb ghail,	好事留千载，
Bait yul yus bub nenl.	好名传万代。

Haot mul jas yul dab vud ghenl,	如果遇到放牛娃，
Lins niat Bail Haob Zangl,	放牛在平川山洼，
Vongs hveet mox laol bab ghaol,	也要捏坨给他们，
Liok dek diot yul dab ngangl,	同他们分享，
Miees at nenx fenb jongl,	做好事积德，
Laos at jox niongb ghail,	好事留千载，
Bait yul yus bub nenl.	好名传万代。
Niux Yongb haot hol hol.	阿蓉说好好。
Niux Yongb diangd laol mul,	准备好出发，
Lob diux ghas lob longl,	双脚不停留，
Diuf fat eb lieex deel,	走到烂泥塘，
Jas yul dab vud ghol,	遇见守鸭娃，
Lins aok Liangx Xangb Jongl.	放鸭在水中。
Fens vangt max xenb nenl,	娃娃不懂事，
Fens vangt dax pangb dlil:	来问阿蓉说：
Menb mul dees Dod Yongl?	姐姐去哪里？

Yongl Yees dax pangb kad lial:	阿蓉回答说：
Leix baib mul nex fol,	我去吃桦稿，
Vos zeis niox niangb hed bail.	大山桦稿多。

Ob dab mab hed dangl,	小娃不懂事，
Ob dab laol vod dlil:	追问阿蓉说：
Baib nees neid baib aid mul,	我们也跟姐姐去，
Baib mul lieet baib aid fol.	大山里面吃桦稿。
Lieet fol naok hed bail,	山上桦稿多，
Dot dlinl vuk geed laol.	吃好再回来。

Niux Yongb vod dlil dlil:	阿蓉拒绝说：
Mox hob dab at bul liol,	你们手小别玩刺，
At nangx ghongb liangl bail,	玩刺就被草割手，
Mox niangb wal laod laol.	你们坐等我拿来。
Vuk ob lob mul deel,	蓉去路下坎，
Laod dot baib dal bul,	采三支野花，
xak baib lob mul bail,	再去路上坎，
laod dot baib dal fol,	砍三棵桦稿，
Deed diot jib yeel bail.	送给孩子们。
Dek niaf dangk dal nail,	还分一坨糯米饭，
Bab diot jib yeel ngangl.	让孩子分享饭吃。
Mox niangb mox vud ghol,	你们看好鸭，
Lins aot Liangx Xangb Jangl,	这里黄鼬多，

Xeeb mul baif eed gangx dliub laol,	野猫也不少，
Niof neit nex menb ghol,	会把鸭吃去，
Mul zaid mox ninb xal,	回家被父母批评，
Mox meis diangd mul tait xif saib nenl.	让人知道多不好。
Qeeb venx qeeb xid denl,	除草就除草，
Qeeb venx yees dliud dliul,	别把庄稼也割去，
Job menx job xid denl,	骂你就骂你，
Job menx laol bangs Dod Yongl,	别把我也搭进去，
Bangs wal Yees nod deel.	连我一起骂。

Gangx dab haot hol hol.	一群顽童说是是。
Meib neid meib vud ghol,	群童留下来，
Neid Genb jeet mul bail,	阿蓉接着继续走，
Jas yul dab vud ghenl,	路上遇群放牛娃，
Lins niat Bail Haob Zangl.	放牛在山上。
Yul vangt max xenb nenl,	娃娃不懂事，
Fens vangt dax pangb dlil:	娃娃问阿蓉：
Menb mul dees Dod Yongl?	姐姐你到哪里去？
Baib nias baib aid mul,	我们也想跟姐走。

Niux yongb vod dlil dlil:	阿蓉回答说：
Vongs hveet wal bab ghaol,	你们不能跟姐走，
Bab niat leix menb ngangl,	我送一坨糯米饭，
Mox niangb mob vud ghenl,	你们安心看好牛，
Lins niat Bail Haob Zangl,	别让牛群少一头，
Xeeb qak dleik at ghenl bub vongl,	滚下山崖去，
Ghenl los geef liub nenl,	跌落山沟里，
Mul zaid mox ninb xal,	回家被父母批评，
Meis tait xif saib vangl.	那样多不好。
Qeeb bongt qeeb xid denl,	掀石是掀石，
Xeeb mul qeeb bongx laol yees dind nail,	掀石莫伤水中鱼，
Job menx job xid denl,	骂话是骂话，
Xeeb job menl laol bangs Dod Yongl,	骂话骂到我阿蓉，
Job wal Yongl Yees nod deel.	这样多不好。
Laol nod wal bab ghaol,	我送一坨糯米饭，
Bab niat leix meib ngangl,	你们分起吃，
Mox laol nod wal bab xul,	还有腌鱼肉，
Bab it leix meib ngangl,	吃了看好牛，
Menb nex menb vud ghenl,	别让牛又少一头，
Lins niat Bail Haob Zangl.	滚下山崖去。

Ob dab haot hol hol.	一群娃娃说好好。
Niux nof jeet mul bail,	阿蓉离开放牛娃，
Pab bos bos mul nenl,	披荆斩棘把坡爬，
Feif niongx jib daid yongl,	一群野鸡受惊吓，
Pab bos bos mul deel,	阿蓉再往坡下滑，
Feif niongx ghab dlod nenl,	锦鸡见状胡乱爬，
Diangd pab bos bos mul bail,	阿蓉继续往上走，
Xangk niuf dius ghaox fol,	看见一棵桦槁树，
Zet zenl ghas dliad dliul,	叶子绿油油，
Hvit diul las leix dangl,	阴凉一片天，
Sat seil ghas niud veel.	看到阿槁在等待。
Deix khab ghob vod dlil dlil:	阿槁问阿蓉：
Sangs dees mox dab laib neid denl Yongl?	为何很晚妹才到？

Yongl Yees dax pangb kad lial:	阿蓉回答说：
Wal meik not teb eb sad jul,	早上活路多，
Not fieet xis geed dal,	妹忙把米簸，
Wal wenb sat ghak wenb yal,	一簸接一簸，
Ob wal ghot teb jeet ghak teb denl,	妹忙把水挑，
Wal dliof venx wenb dial ghaol,	一挑接一挑，

Wal gos dlox saib nieel jul,	为了来见你，
Wal Yongl Yees niox nab geel fol.	干一天活计。

Deix Khab vod dlil dlil:	阿稿回答说：
Lab deel ghos dios neid denl,	听妹这么说，
Niub niangl yeek neid dil,	家里多农活，
Mox ninb nof nob sad jul,	阿妹家庭大，
Not jul xis geed bal.	谷子也很多。

Niux Yongb vod dlil dlil:	阿蓉也来问阿稿：
Dab laib xid denl Ghaol?	你何时到此？

Ghaol Jens dax pangb kad lial:	阿稿回答说：
Baib dab jif saod feil,	清早就起来，
Jif nab deeb hangd nenl,	太阳没有升，
Qid jenx jab dol zeel,	烧了一堆火，
Baib ghot laol laod jenx lab veel niul.	坐成一个窝。

Niux Yongb vod dlil dlil:	阿蓉来问道：
Mob qid deix jab dol zeel,	阿哥来得早，

Laod jenx lab veel niul,	为何不准备？
Neid menb ghot mab ded fol,	砍下桦稿来，
Naos seef diot baib laol ngangl.	阿妹来到吃桦稿。
Ghaol Jens diangd pangb dlil dlil:	阿稿回答说：
Dangl diot xif nenb linl linl,	说好在巳时，
Fat xif nenb mul denl,	巳时妹不到，
Jeet xif genb laol bail,	午时已快过，
Haot leix baib ded fol,	如果提前砍，
Jit dax caob sad seil,	风吹桦稿干，
Laol gangt eb ngeex fol,	皮无天然水，
Eb fol naos venx bail,	桦稿吃不得，
Ghas eed diongx job niul,	妹会责备哥，
Ghas eed mox job wal,	说哥粗心多，
Wal ghot mab vut mas liux ib neil.	阿哥得丑名。
Niux Genb vod dlil dlil:	阿蓉说是是，
Lab deeb ghot dios neid denl.	哥此话有理。
Ghaol Jens diangd laol pangb dlil:	阿稿问阿蓉：
Diangd jenf wus diot gil Ninb Yongl,	哥问妹一下，

Yongl Yees haot Yongl liab Ghaol,	妹说妹想哥，
Yongl ghos qik diot Ghaol bail,	哥拿桦稿来，
Khab Ghaol laol xuk diot Yongl ngangl,	哥嚼来喂妹，
Yongl ghos ghot mul denl,	妹若把它吞，
Ghas eed diongx liab niul,	证明妹想哥，
Ghas eed mox liab wal.	不是在骗哥。

Bieel Yees diangd dax daib hol,	阿蓉说好好，
Ninb Yongl ghos qik diot Ghaol bail,	就去拿桦稿，
Khab Ghaol laol xuk diot Yongl ngangl,	阿稿喂阿蓉，
Ninb Yongl Yees ghot mul denl,	阿蓉吞下肚，
Ghenb max ghenb Dod Yongl.	桦槁甜如蜜。

Bieel Yees dax pangb kad lial:	阿蓉把话说：
Xib deex ghenb Ed Ghaol,	桦稿天然水，
Ghenb mul ghenb deix eb ngeex fol,	味道真是鲜，
Eb fol naos nof bend ghenb sax seil,	人回味无穷，
Ghenb deix eb niux nieel,	口水变糖水，
Ghenb liangl meik dliox mongl,	桦槁变蜜糖，
Bak dliox denb mongl deel.	味道实在美。

Khab Ghaol laol qik diot Yongl bail,	阿稿也拿给阿蓉，
Ninb Yongl laol xuk diot Ghaol ngangl,	阿蓉嚼来喂阿稿，
Khab Ghaol jens ghob ghot mul denl.	阿稿吞桦稿下肚。
Yongl Yees vod dlil dlil:	阿蓉问阿稿：
Ghenb max ghenb Ed ghaol?	味道鲜不鲜？
Ghaol Jens dax pangb kad lial:	阿稿回答说：
Xib deex ghenb nod mul,	味道实在鲜，
Ghenb mul ghenb deix eb ngeex fol,	世上只有桦稿鲜，
Eb fol naok nof bend ghenb sax seil,	世上只有阿蓉美，
Ghenb deix eb niux nieel,	口水变糖水，
eb piees nek niongx dil,	甜得像蜜糖，
Ghenb liangl meik dliox mongl,	美得像太阳，
Bak dliox denb mongl deel.	像天上神仙。
Ninb Yongl nof nangk niangx gangb denl denl,	阿蓉激动捶哥胸，
Khab Ghaol diuk dax saib vongl liangl.	阿稿开心拍拍手。
Khab Ghaol jens dax pangb dlil dlil:	阿稿把话说：
Dal dek ghot jenx eb bail,	手牵太久湿透汗，
Ob dal deif xis deet niangx deel daol,	享乐太长疲胫骨，

Mas bongt niox yangb yangl,	哥妹都精疲力尽，
Ghaol xuk diot Yongl ngangl,	一个嚼给一个吞，
Yok mul qik diot Ghaol bail，	一人喂给一人食，
Ninb Yongl ghos mas bongt ghangl langl，	和风细雨无力飘，
Khab Ghaol ghos mas bongt ghangl langl，	阿蓉全身软绵绵，
Ghob liangl nongs dlongt vongl liangl,	阿稿也瘫软在地。
Veel mas yux nab hed bail，	他们抬头看太阳，
Leit baif diot vangl hvangb ghongl，	太阳快要落山了，
Nab ghob baif diot bail eb nail，	太阳只剩一竹竿，
Ab sat langt Yongl ninb dinl.	树阴照影过屋头。
Ghaol Hens diangd laol pangb dlil:	阿稿来说道：
Nod eb bongb tad bail nail,	水中鱼儿退，
Genb Niub tad bail Ghaol,	山里妹回家，
Deix liub diangd mul vangl,	阿哥也转回，
Laol hvad baib Ghaol meis Bail Dlaol,	阿哥路途远，
Daol Dlongs Gheek vil vil,	一条山路长又长，
Veet Yongl meis Wul Ghol.	阿妹路途近。

Bieel yees diangd laol pangb dlil:	阿蓉回答说：
Hvab haot veet Yongl meis Wul Ghol,	距离妹家近，
Faib Ghaol meis bail dlaol,	阿哥路途远，
Mob daol deix Dlongs Gheek vil vil,	山路难走多，
Deix Khab ghob diangd nees Yongl mul,	阿哥回不到，
Ob mul jeet Yongl meis dinl diul,	跟妹回家去，
Ob mul lieet wal meis ghaol ngangl.	宿一夜再走。

Deix Khab vod dlil dlil:	阿稿回答说：
Baib haot dab jeet Yongl meis dinl diul.	如果我去你家住，
Haot mul lieet Yongl meis ghaol ngangl,	白吃白喝不劳作，
Xeeb mox bak diangd laif lox saib nenl,	怕你父母不高兴，
Meis diangd gof yux zaib zal,	来摔坏东西，
Niangk xif diot ob wal,	责备我们俩，
Mab bal mas Ed Ghaol,	即便不伤害阿稿，
Xab bend bal mas Dod Yongl,	也会伤害到阿蓉，
Mab bal mas Dod Yongl,	即便不伤害阿蓉，
Xeeb diangd bal mas Ed Ghaol.	也会伤害到阿稿。
Khab diangd niangl dees liax vol,	使我们都不开心，
Miees baib diux nof daol gongl,	我还是回自家去，

Ob ninx nof jul bail.	早走才能赶到家。
Jit bab bongb bangd nail,	分河各打鱼，
Jit dos ghab vud dieel.	分路各走各。

Niux Yongb jeef kad lial:	阿蓉回答说：
Dal dees mul jit bab bongb bangd nail,	谁说就分路，
At deeb mul jit dos ghab vud dieel?	分散各走各？
Dot dios ib liux neil,	没有这道理，
Nod nab diut gos liangx wangl,	现在已经是傍晚，
Nab bail jus yux neel,	太阳偏西方，
Jus dof langs niax ninl,	只剩一竹竿，
Dal vut mul sat mas mox denl,	天就黑下来，
Khab Ghaol ghos neek Niux mul.	阿哥还是跟妹走。

Khab Ghaol jens vod dlil,	阿哥回答说：
Wal haot xob dil nees Niux mul,	只怕周边闲人多，
Liub bail fens geed bal,	看见我们在一起，
Xeeb bail fens xax yal,	来说一些荒唐话，
Diangd xeeb yul wais xax yal,	自古男女有分寸，
Dliab jut ob dliux dol,	不轻易走在一起，

Fens diangd laol xangt baib bongx nieel.	寨人拿我们说笑。

Niux Yongb vod dlil dlil:	阿蓉回答说：
Mox niul eb dees ghend nail?	哥担心哪样？
Jul hvangb dees Ed Ghaol,	阿妹都不怕，
Deb xib mob niad niul.	哥咋那么傻，
Deb leb jenb neid mul?	装糊涂干啥？
Haot laol jas dliab ob ghob mieed bul,	如果路上遇到人，
Jas fens ob ghob mieed mul,	认识阿哥就回避，
Dail fens ob geed dlial,	陌生阿哥装糊涂，
Ob lob zeil zeis ced niul,	我们慢慢走，
Ob hvub geed zeil zeis qad jongl,	哥不要紧张，
Bub mox eb niul dees ghend nail.	心态要放松。

Bieel Yees diangd laol pangb dlil:	阿蓉接着说：
Xens diot dal Khab Ghaol,	告诉哥知道，
Ob mul langt wal ninb hed vangl,	快到妹家的时候，
Niux Genb mul hed mul,	妹先提前走，
Niux Genb mul qid dol,	妹去烧火等哥来，
Wal taob eb dangl Ed Ghaol,	阿妹热好水，

Deix Khab dangl deed laol,	阿稿跟在后，
Deix Khab laol seed bail.	水开哥来洗。
Ghaol Jens diangd laol daib hol,	阿稿心里乐滋滋，
Nik diot Yongl ghenb mul,	跟在阿蓉后，
Saos diot Yongl ninb dinl.	来到阿蓉家。
Meis dif gil eb liol,	快到阿蓉家，
Ghaol Jens ghob mieed gul,	阿稿迅速躲开，
Nangf vus niangb khangd dlenl.	不再追随阿蓉后。
Niux Yongb mul zaid mul,	阿蓉自己回了家，
Niux Yongb mul qid dol,	在家烧开水，
Taob eb dangl Ed Ghaol.	烧水等阿稿。
Yongl bak laol zaid laol,	阿蓉父亲来到家，
Yongl meis laol zaid laol.	母亲也来了。
Yongl Yees mul lox vol,	阿蓉来到楼梯脚，
Yongl Yees laol vod dlil:	假言假语来说话：
Buf Ghaol jens lend gil,	今天阿稿来赶场，
Henb jox nins daid lial,	一条山路深又长，
Niangb fas fieef geed gongl.	阿哥回不到家乡。

Yongl meis ghot sox xenb nenl,	母亲了解她，
Yongl meik ghot max daib yongl,	懂阿蓉意思，
Yongl meis ghot sox bub jul.	她全都明白。
Yongl bak eed max bub jul,	父亲不清楚，
Yongl bak diangd dax daib Yongl:	父亲回答说：
Dios deix dab Bail Dlaol,	摆韶的后生，
dios Dangx Qub dangl bail,	乃富家子弟，
Vuk lox daib mul deel,	你快去找他，
Vongs hveet mox vab Ghaol bail,	喊他回家来，
Mox gangf Deix Khab laol dinl.	带他来我们家住。
Bieel Yees dax daib hol hol.	阿蓉说好好。
Vuk lox daib mul deel,	阿蓉走出去，
Vongs hveet vab Ghaol bail,	把阿稿领来，
Gangf deix liub laol vangl,	带阿稿来家，
Gangf deix liub laol dinl.	引他进屋来。
Ghaol Jens bax hveeb xenl xenl,	阿稿见父母，
Nees deix dab laol lol,	感到很激动。
Yongl bak diangd pangb dangl wangl:	阿蓉父亲问：

Mox dab neid denl Ghaol?	阿稿哥来了？
Ghaol Jens dax pangb kad lial:	阿稿回答说：
Baib dab nod dal lol.	阿稿又来了。
Yongl bak diangd pangb dangl wangl:	蓉父亲又问：
Dab laib xid dengl Ghaol?	那么久才来？
Ghaol Jenk dax pangb diangl wangl:	阿稿回答说：
Wal ghos dax niangb gil deel,	我前天就来，
Wal dax jeef nab nongl,	昨天到五果，
Jeef nab ab saod feil.	今天才到这。
Ghaol Jens dax dleib beid lol,	阿稿谎话哄老人，
Dlef yongl bak hvid lil,	阿蓉父亲不多想，
Yongl bak mab hed dangl.	父亲就信以为真。
Yongl bak dab vod dlil:	父亲接着说：
Mox dios deix dab Bail Dlaol,	哥是摆韶大富人，
Guf Dangx Qub dangl bail,	出手大方又阔气，
Nius jeef eed mox bab liangl yeel,	在家父母都备银，

Jas lias diot leix baib ngangl leel, 还拿白银送我们，
Yongl bak sox xenb jul. 我老人心知肚明。

Yongl bak mul dieeb ghol, 父亲杀鹅来接待，
Bas aot dil ghenb jul. 杀在舂碓边。
Yongl meis ghot sox xenb nenl, 母亲也明白，
Yongl meis diangd laol jab ghaol, 母亲去准备锅灶，
Niaf but bail jab dol, 铁锅架灶上，
Wax senb neb jod yangl, 叫阿稿喝酒，
Hek ngeex gheeb leed jil, 边吃饭边聊，
Lif mul diub mangd denl, 边喝酒边叙，
Zes mu lab nod laol. 谢老人招待。

Yongl bak dax pangb kad lial: 阿蓉父亲说：
Ghenb nof ghenb xid denl, 鸡虽然好吃，
Ghenb xas max jas ghaid dieel, 但是不比斑鸠香，
Mab haot mox nes qad dieel, 没有斑鸠味道鲜，
Nes jit wiees hed bail, 斑鸠飞上天，
Mob xul dongs mongs geed bal. 腌的斑鸠味道鲜。

Ghaol jens diangd pangb kad lial:	阿稿回答说：
Mox jeef deix nes ghaid dieel,	说那飞斑鸠，
Nes jit wiees hed bail,	季节性候鸟，
Xul dongs mongs geed bal.	味道当然香。
Wal niangb deix fenb hed bail,	我在高坡坐，
Veet jox fenb vud lol,	住深山老林，
Jox fenb xangx nob ghaid dieel,	那里鸟类多，
Not nes liak geed bal.	小鸟满天飞。

七、节前准备（Veel niul sangt hek）

阿稿回到家，把阿蓉父母希望自己再去打鱼送给她们家，好为鼓藏节做准备之事告诉了父母，父母得知后大力支持。阿稿于是再次来找阿蓉去打鱼，这次他们到都柳江去打鱼。他们一路沿河往上，不知不觉来到莎扭家所在的河段，故定发现阿蓉和阿稿在一起，批评他们私下约会。他们被批评后，回到榕江，来到阿蓉家，阿蓉父母看到阿稿打了很多大鱼，心里暗暗高兴，口头许诺将阿蓉嫁给阿稿，并让阿稿叫父母来说亲，打发阿稿回了家。阿稿信以为真，高高兴兴回家去。

Lif mul diub mangd denl,	一边在寒暄，

Zek mu lab nod laol.	一边叙家常。
Yongl bak laol pangb kad lial:	阿蓉父亲说：
Xit sox bub sal nail,	阿稿是好手，
Ghaol jenk sox bub sal nail,	打鱼方法有，
Mox leik dax liub jenk jul,	全打到大鱼，
Bub feil mieek deix liub diangd vangl,	等稿回家后，
Mob ghent ngok dax ob bangd nail,	又拿网来打，
Leis dat baib veel niul,	得鱼给我们，
Qeeb het buk Wul Ghol,	拿鱼祭祖先，
Wangk Zenx Linb dangl nenl.	吃鼓藏得用。
Ghaol Jenk dax daib hol hol:	阿稿回答说：
Mieek leix baib diangd vangl,	天明我回家，
Wal taik wal ninb dinl,	先准备一下，
Meis dif gil eb liol,	跟父母说好，
Ghaol Jenk wal geed mul qab sangl,	再撑大船来，
Wal geed dliof vok laol dieeb nail.	才打得大鱼。
Ghaol Jenk mul ghenb mul,	阿稿来到家，
Ghaol xenk ghaol ninb niul.	到父母身边。

Meis naik bail jab dol:	他跟父母说：
Wal haot mul juk mangt wal ghob laol,	本来计划去一天，
Haot mul juk qat wal ghob laol,	办完事情就返回，
Jak neid dal Ninb Yongl,	谁知路上遇阿蓉，
Bieel Yeek neid laol vab bail,	热情姑娘不放手，
Gangf gut dix lob ninl,	邀我去她家做客，
Jenk nof max deib laol,	我跟阿蓉去，
Mab laol xak langt Dangx Qub vangl.	现在才到家。
Laol bieeb mangt leix ninb dinl,	我在阿蓉家，
Neek dal Ghet Xeex dab lol.	父亲名叫故写。
Ghet Xeex laol pangb dlil:	老人交代说：
Vuk mait GhaolJenk dieeb nail,	我会把鱼捉，
Dat nail leik dlob xil,	鱼死白条河，
Wal bend mul neek Niux Yongb bangd nail,	让我再次打，
Leik dat dal liub nenl,	网鱼送给他，
Leik dat neib veel niul,	得鱼给他做鼓藏，
Qeeb het buk Wul Ghol,	引鼓到五果，
Wangk Zenx Linb dangl nenl.	阵林寨下边。
Ghaol meik dax daib hol hol,	阿稿母亲很赞同，

Bak dax daib hol hol.	父亲说好好。
Vongk hveet leix meib kongd sangl,	明天你就撑船去，
Sangf ngok diot leix meib bangd nail,	撑渔船去打，
Leik dat meib geed laol.	才打得大鱼。
Eed khab nof vut yuk mab yal,	得到父母亲支持，
Ghaol ghob dlaot dob max nial.	阿稿心里乐滋滋。
Deix Khab ghob kongd sangl,	他撑船下来，
Ghaol ghob xangt ngok dax nenl,	漂漂随河下，
Ngok longx eb geed xil,	渔船顺水流，
Ngok mul longx eb hvad nail,	鸬鹚潜水去，
Ghaol ghos leel niak niangx liub ced nenl,	阿稿在观望，
Ghangk mul longx fenb hvad nieel,	查看河中鱼，
Qab sangl ghos saok Ongd Ghol.	不知不觉到五果。
Kheeb niangl ghos mieek jad xenl,	他把渔船拴河边，
Ghenb bongl faik geed nenl,	船停浅水上，
Lob diul laol wieek zaid nongl.	阿稿走到阿蓉家。
Ninb Yongl ghok vod dlil:	阿蓉问话说：

Mob mul kheeb niangl mieek xid yil?	船停在哪里？
Khab Ghaol xenk Dod Yongl:	阿稿回答说：
Ob wal kheeb niangl mieek jad xenl,	我拴在河边，
Ghenb gol lenk geed deel.	船停浅水上。
Ninb Yongl ghok vod dlil:	阿蓉来说道：
Jox fenb laol nok gud diul,	这里人很多，
Not diul zaik geed bal,	小偷随时来，
Gif Ghaol Jenk niangx sangl,	船上无人看，
Wak Ghaol ngok niox wieel.	会把船弄丢。
Ninb Yongl laol xenk nax lol:	阿蓉对家里人说：
Menb laol vongk dax mul,	家里谁有空，
Menb mul kheeb Ghaol Jenk niangx sangl,	快去河边看渔船，
Mieek Ghaol Jenk laol tiongb ghaol,	把渔船看好，
Menb mul hvad Khab niangx sangl.	让阿稿来家吃饭。
Liub diul zaik Zenx Ghol,	这里小偷多，
Xeeb diul zaik dax lal,	就怕小偷盗渔船，
Nins Ghaol Xenk niangx sangl,	偷阿稿船去，
Wak Ghaol ngok niox wieel,	我们赔不起。

Yongl bak nof zenb dax mul,	父亲跑得快，
Vuk diot ghenb jad xenl,	来到渔船边，
Hek mieef yangb jenx dol,	蹲在渔船上，
Jak juf niangb niangx sangl,	抽起叶烟来，
Deix Khab laol nex ghaol.	等阿稿吃饭。

Niongk niat niox jeeb denl,	阿稿吃好饭，
Ghaol Jenk diangd dax pangb dlil:	他对阿蓉说：
Bub fenx ob sal nail,	后天天气好，
Leik dat niangb Jad Xenl,	后天我们去打鱼，
But Venb Ghaob geed nenl,	到架醒[①]去打，
Hvab dot dal feib fenx mangl,	那里有大鱼，
Nail dlot ngos naox seil,	鱼鳞清粼粼，
Dlot liangl biees seet diul,	鱼身像板子，
Mak haot hab liax jil,	眼睛像杯子，
Wak diot menb deed niul,	打到这种鱼，
Qeeb het buk Wul Ghol.	才好做鼓藏。
Niangx fieeb ghob lod xil,	我也好回家，

① 架醒：河名，今榕江县头塘一带。

Deix liub ghob diangd vangl,	有面子见人，
Haot mab dot feib fenx mangl,	如果打不到大鱼，
Nail dlot ngok naox seil,	鱼鳞清粼粼，
Leik dat dal Liub Nenl,	眼睛像杯子，
Ob geed dlongs dlof diot dal Deib Sail.	我们另选其他河。

Niux Genb ghob haot hol hol.	阿蓉说好好。
Dof nab ghenb diangx wangl,	到了第二天，
Leix menb mul bangd nail,	他们去打鱼，
Leik dax niangb Jad Xenl,	到架醒河段，
Eb daob mal gok nail,	水深网不得，
Seib veeb max jak wail,	石多网落不到底，
Mab dot feib fenx mangl,	捉不得大鱼，
Nail dlot ngok naox seil.	鱼鳞清粼粼。
Deix liub nof kongd sangl,	阿稿撑船走，
Xib sangl laol xak jad bail,	来到央引[①]河，
Leik dat dal Vangb Venl,	过央引河段，
Dlongs dlok dal Deib Sail,	再到堆赛[②]河，

① 央引：河名，今榕江县大友一带。

② 堆赛：河名，今榕江县定威至水尾河段。

Leik dat dal Deib Sail,	过堆赛河段，
Dlangs dlok dal Qib Niol,	来到琪且[①]河，
Nail ghob dax bieek eb dil,	过了琪且河，
Mul dab Langt Niul ghenb vangl,	来到莎纽[②]的寨边，
Jak dal Gheb Dint dal dab lol.	遇莎纽的父亲故定[③]，
Gheb Dint laol pangb dlil:	故定把话说：
At deeb mob leik dab langt wal ghenb vangl?	为何来我河打鱼？
Ghaol Jenk diangd laol pangb dlil:	阿稿回答说：
Mab dot leik wal sal.	下边没有鱼。
Gheb Dint dal dab lol,	故定老人家，
Gheb Dint laol pangb dlil:	他来回答说：
Nail vut niangb Deel Diul,	好水在德丢，
Leik vut niangb Deel Diul,	好鱼在德丢，
But Diux Ib dangl bail,	丢依那段河，
Mob dat max bieek Deel Diul,	那里鱼都打不完，

① 琪且：河名，今榕江县八开至加两河段。

② 莎纽：人名，阿蓉的亲表哥。

③ 故定：人名，阿蓉的亲母舅。

Mal bieek Diux Ib mul bail,	剩下鱼送给外人，
At deeb mob leik dat dal Liub Nenl,	怎么会到大河来，
Dlangk dlok langt dal Vangb Venl,	到央引河段，
Leik dat dal Vangb Venl,	过央引河段，
Dlangs dlok langt dal Deib Sail,	到堆赛河来，
Mox leik dat dal Deib Sail,	又在那里打，
Dlangs dlok langt dal Qib Niol,	才到琪且这边来，
Dab langt wal ghenb vangl,	到我家河段，
Mob deed Yongl niak ghenb laol,	还带阿蓉一起来，
Menb dat leik ab xid yil?	你们到底想做啥？
Ghaol Jenk diangd laol pangb dlil:	阿稿回答说：
Xens Gheb Dint dal dab lol.	听我来解说。
Yongl xenk diot Yongl dab neil,	阿蓉抢话回母舅，
Vuk mait feib fenx mangl,	看中这边大鲥鱼，
Nail dlot ngok naox seil.	鱼鳞清粼粼。
Gheb Dint dal dab lol,	故定老人家，
Gheb Dint laol pangb dlil:	他来回答说：
Sangl deek menx dleib beid lol,	你们别撒谎，

Dleib dal yof bangk at ib xid neil,	欺骗我老人，
Gheeb dlob wal xangk neid dol,	白鸡能识别鸟枪，
Yof bangk wal bend bub jud liol,	鹞子认识白黏糕，
Leik dat meib veel niul,	借打鱼来做鼓藏，
Qeeb het buk Wul Ghol,	引鼓进五果，
Wangk Zenx Linb dangl nenl.	到阵林这边。
Jenk jox hvangb lol Yongl,	我看阿稿想阿蓉，
Ninb Yongl ghos neek mox ghenb sal nail,	带她一段过一段，
Lab nod wal bub jul.	这种事情我清楚。

Ghaol ghob es bongk max xul,	阿稿瞒不住，
Khab deif nink max gil,	解释也无用，
Meib ghaot mul leek niangx sangl,	大鱼装进舱，
Meib yux mul leek lox vol,	小鱼装进篮，
Dinb det dinb gix liol,	他们撑船下河来，
Qab waix wuk waix wul,	边撑边摇桨，
Qab waix wuk dax nenl,	到下边河来，
Qab langt fenb Liangx Gheil,	到椎革寨子，
Lab vangl Zeid Gheik sangx nenl,	椎革寨子边，
Jak neid dal liub laol,	来到大河交汇处，

Jus mok ghob langt Wul Linb Ghol.	不一会就到五果。
Leik ghob ghent langt bail jab dol,	打鱼回到阿蓉家，
Bak ghot kangb hvangb mongl,	阿蓉父母很高兴，
Yongl meik ghot kangb hvangb mongl.	母亲看稿笑盈盈。
Yongl bak dax pangb diangl wangl:	父亲抢着说：
Haot max dab Bail Dlaol,	个个说阿稿人好，
Xix deex dab Bail Dlaol,	阿稿确实很不错，
Vangt Dangx Qub dangl bail,	这个摆韶的后生，
Haot max dieeb nail dal,	他说自己会打鱼，
Xix deex dieb nail dal,	阿稿确实会打鱼，
Gos leik xangx liub jend jul,	捕到的鱼像柱大，
Xut ghenb baib bend veel niul,	二天轮到鼓藏节，
Qeeb het buk Wul Ghol,	引鼓到五果，
Mieek neid baib dail niul,	在那大喜的日子，
Niux Yongb geed neek Ghaol mul,	阿蓉嫁随阿稿去，
Neek ghaol xak Bail Dlaol,	嫁到摆韶好地方，
Jeet Dangx Qub mul bail,	到摆韶去住，
Niux Yongb geed lil lol,	去摆韶安家，

Neib geed xeef mox meik dal lol.	照顾阿稿家老人。
Ghaol ghos kangb hvangb mongl mongl,	阿稿心里乐滋滋，
Ghangk mul xob lob diol diol,	按捺不住喜悦心，
Ghaol jenk diangd pangb kad lial:	阿稿来说道：
Laol laix nab geed bal,	既然老人家同意，
Nix eb benb diangd bol,	我要赶紧回家去，
Deix liub benb diangd vangl.	准备停当娶阿蓉。
Gheb Xeex pangb kad lial:	故写回答说：
Wak nix eb diangd bol,	你先回家去，
Wak leix menb diangd vangl,	叫家人准备，
Mos taik mox fenb seed niul,	跟父母商量，
Vangl meis naik geed bail.	老人说话才算数。
Yongl Yeek diangd laol pangb dlil:	阿蓉告诉阿稿说：
Xenk diot dal Khab Ghaol,	我听有小道消息，
Xut ghenb baib diangd dinl niul,	不久我们吃鼓藏，
Dins hek diot Wul Ghol,	在五果祭鼓，
Xut genb mob geed mal zeel,	到时你买芦笙来，

Mob mul lis dek ob geed laol dongl,	带新芦笙来跳舞，
Xut ghenb mob geed mal meil,	到时你买好马来，
Mob mul lis lik mob geed laol dongl,	带着白马来参加，
Xut ghenb mob geed mal denl,	到时你买马刀来，
Mob mul lis fieek mob geed laol dongl.	背上马刀才威风。
Diongx niangb nod dangl niul,	芦笙在等鼓，
Lax niangb nod dangl Ghaol.	我心在等你。

Ghaol Jenk diangd laol pangb dill:	阿稿回答说：
Lax niangb nod dangl Ghaol,	妹要等阿哥，
Mob vongx ghos qeeb jad genl genl,	像龙扫河床，
Vongx qeeb jad dangl nail.	扫河床等鱼。
Niux qeeb zaid genl genl,	阿蓉要扫屋干净，
Niux qeeb zaid dangl Ghaol,	屋扫干净等阿稿，
Xut ghenb diot Ghaol laol,	下次哥回来，
Jit bab bongb bangd nail,	再把阿妹带回家，
Jit dok veeb vud dieel.	现在分散各走各。

七段“大花”（Xongs det benx seib）

阿蓉歌的“大花”部分，属于古歌范畴。“大花”围绕苗族鼓藏程序展开，先是讲述鼓藏来历，即年轻后生汪角以不正常死亡，村寨吃鼓藏乞求祖宗保佑；再接着讲述买牛、买芦笙等节前准备活动。再讲述吃鼓藏时各方亲友集中到一起，年轻后生跟阿蓉跳舞，年轻姑娘跟阿蓉比美。因为阿蓉太漂亮，有人不服输说是因为她有好衣装修饰，否则也是普通姑娘。阿蓉正好听到，她立刻脱下盛装，单薄的生活装露出她细嫩的皮肤，连吞在食管里的白菜都看得到，夸张地描述阿蓉皮肤白嫩，白像银子，白像月亮，不得不让人心服口服。

一、汪角以（Wangb Jox Yil）

“大花”从汪角以开始，这是另一段感情故事。榕江的年轻后生汪角以和王领姑娘薇角以是情侣，两人感情很好，难舍难分。一次，汪角以约会后回家，路上遇到洪水，大水把他的木船推翻，汪角以被洪水淹死。他母亲找了能人潜入河底才把汪角以拉上岸来。汪角以死后，他的母亲非常伤心。后来，汪角以的父亲病倒在床，叫大师来看，说是汪角以来惹的麻烦，需要买牛来祭祀，办鼓藏节。于是人们买牛、买芦笙准备过节。

这段歌词的内容太过凄凉，不适合在一般场合传唱，很多歌师也不爱唱这段歌词，导致后人多不熟悉它。2012 年出版的以杨远松为第一主编的《阿蓉》虽然汇集了很多歌师的作品，内容比较全面，不同结局的版本都有三个，但除了龙安昌说唱的那段《阿蓉歌注》简略提到此段外，其他版本都没有这部分。而《阿蓉歌注》中虽然有这段故事，也没有交代清楚。同时，那段歌中用“hent dlas”来代称汪角以，“hent”是“后生”之义，“dlas”是“富裕”之义，合起来是“富家子”的意思，懂歌的人才知道这个“富家子”的名字是汪角以。

Niangb dal Wangb Jox Yil,	有个汪角以[①]，
Vangt fenb xens Zenx Ghol.	阵果[②]地方人。
Nab nab dieeb dex niul,	天天在打铁，
Mangb mangt dieeb dex niul.	夜夜在打铁。
Dangb let gangb ghaox neel,	铁皮包船篙，
Dangb sent gangb niangx sangl.	锑皮包船舱。

① 汪角以：人名，与阵林姑娘薇角以相爱。在与恋人相会撑船回来的时候遇大水，船翻身死，由此引发了吃鼓藏祭祀，阿蓉故事就在鼓藏节中展开。

② 阵果：地名，今榕江城内。

Guf niangx liub hed dangl,	站在木船上，
Qab ghaid yus ghaid yul,	悠悠又荡荡，
Qab ghaid yus dax bail,	悠悠撑上来，
Qab ghaid yus ghaid yul,	木船悠晃晃，
Qab ghaid yus dax deel,	悠悠撑下来，
Qab langt laol meis diux nial,	到自家门口，
Meis nens hes diux nial.	父母屋中坐。

Dof nab ghenb diangx wangl,	到了第二天，
Qab ghaid yus ghaix bail,	又撑船上去，
Laos dal Weib Jox Yil,	约会薇角以，
Vangt Eb Dongf sangx bail.	欧董[1]寨上女。
Mul kheeb niangl ghos mieek jad sangl,	船泊潭冷清，
Ghenb bongl faik geed nenl.	人死心荒凉。
Jeet Venx Weib mul bail,	爬应威[2]上去，
Fat Venx Weib dliul dliul,	急速过应威，
Fat Venx Weib mul bail,	走过应威河，
Laos dal Weib Jox Yil,	到薇角以家，

① 欧董：地名，车江河附近。

② 应威：地名，车江河边的某坡。

Vangt Eb Dongf sangx bail.	欧董寨姑娘。
Laos mangt lol nab dil,	诉一夜情话，
Dal seef jul seb dol,	倾一夜情怀，
Yos jeef jul hvub mongl,	诉完好与坏，
Dongs jul seet veeb mongl,	倾尽美与恶，
Xens jul vut lab bal.	情到深处人依依。
Bail saod aob wax vol,	第二天天亮，
Dat wax daib liad vol,	周围尚不明，
Dieek wax xenb ghad seil.	四处仍朦胧。
Wangb Job jeef kad lial：	汪角以说话：
Diongx bub diot niul dail,	筒响鼓即停，
Mox niangb diot wal mul.	妹留哥先走。
Niangb niof Weib Jox Yil,	薇角以姑娘，
Ob dab jeef kad lial：	也来回话说：
Dal seef bail hveet jul seb dol,	情话诉不完，
Yos jeef bail hveet jul hvub mongl,	道不完心意，
At deeb lax niangb diot dal mul,	为何哥离开，
Diongx bub diot niul dail,	筒响鼓即停，

Ab dot diok gil denl.	这不合常理。

Wangb Job diangd jeef kad lial：	汪角以说话：
Wal laol xenk mob wieel,	哥来告诉妹，
Mieek gheit gil ghenb diangd mal,	省钱下次买，
Mieek dot niul seeb diangd dongl,	省舞下次跳，
Wal bend taik diot wal ninb dingl,	哥将把家回，
Meis dif gil Eb Liol.	退到欧略寨。

Weib Jox jeef kad lial：	薇角以回答：
Mob hvad dlab wal mal diok dangl,	西边天太黑，
Dlab wab geed yul nil,	即将下大雨，
Zek jus diot bail laol,	云层黑压压，
Nod nongk dab haot gheil meil,	雨点像黄豆，
Xul xeeb mof xul dlenl,	天将下大雨，
Xul lab deef xul diongl.	河将涨大水。
Menb ghob vongl vongk diangd vangl,	劝哥不要回，
Ghob mul taik mox ninb dinl,	哥匆忙离去，
Meis dif gil Eb Liol.	怕浪打船翻。
Wangb Job vod dlil dlil：	汪角以回答：

Hvab haot wax daib leed leel,	若天公作美，
Hvad bongx eb tad zenl,	河水缓缓流，
Miees gheit gil ghenb ob geed mal,	下场再相聚，
Miees dot niul seeb ob diangd dongl;	下次再约会；
Hvab haot bongx eb qid qol,	若河水猛涨，
Dos wongf liub ghod niul,	波浪像铜鼓，
Hvad wax daib ed dlel,	乌云黑压压，
Nongs zaf liub deid bail,	雨点像拳头，
Ob gil bend jus wuk nod mal,	爱情就此终，
Niul bend jus wuk nod dongl.	热舞就此停。
Niux Weib jeef kad lail：	薇角以回话：
Neid mob ghob vongl vongk diangd vangl,	哥匆匆离开，
Mox taik mox ninb dinl,	执意把家回，
Meis dif gil Eb Liol,	心里只有家，
Mox jeef sal daos hvub bal,	不说吉利话，
Jeef ghot max lab leel.	尽往坏处说。
Wangb Jox diangd jeef kad lial：	汪角以回话：
Deef songt jeef deix hvub leel,	就算说好话，

Mul dak dal xab nail,	若鳝鱼被淹，
Haot mul dak dal leeb vongl,	猴子落山崖，
Nof dak gil ob wal.	就会死到哥。
Max dak dal xab nail,	淹不死鳝鱼，
Max dak dal leeb vongl,	死不了猴子，
Geex deeb laol dak gil ob wal ?	怎能死到哥？
Mieek gheit gil ghenb diangd mal,	等下次相会，
Mieek dot niul seeb diangd dongl.	哥再来相聚。

Lob ghob deif dongs niangx sangl,	说罢登上船，
Bail ghos dek dinb yux neel,	船篙撑一竿，
Deel ghak yent dax nenl.	船漂漂往下，
Laol langt ghenb Jad Niul,	来到纽塘[①]河，
But Bongx Dlab geed nenl,	河面黑漆漆，
Lius lef hveeb max leel,	鳝龙心不善，
Lius gif ghenb niangx gul,	鳝龙戳底舱，
Das niof Wangb Jox Yil,	死了汪角以，
Wok Jif dab dangx xil,	卧吉[②]孩沉底，

① 纽塘：河潭名，今不知何处。

② 卧吉：人名，汪角以的母亲。

Vangt liof venb diux nial.	汪角以被淹。
Wok Jif niangb zaid dangl,	卧吉在家等，
Dangl baib nab max laol,	等三天不来，
Dangl dlob nab max laol,	等四天不到，
Juf zeib nab ghaix veel.	整整十五天。
Wok Jif pangb diangx wangl：	卧吉自言语：
Jees xat wal dab bangd nail,	往回孩子去打鱼，
Leis dat wal dab sox laol,	打鱼就知道回家；
Jees xat wal dab lend yul,	过去孩子去会友，
Lenf yens eed wal dab sox laol,	见到好友就回家；
Xak nod wal dab max laol?	这次因何没回来？
Wok Jif yub jux xak,	卧吉提拐杖，
Nis det nis longx gongl,	拄拐杖上路，
Vuk bongx eb mul nenl,	沿河边去寻，
Nas gangx dab diul lil,	问打鱼的人，
Buf wal Wangb Job max wieel?	是否见我儿？
Ob dab vod dlil dlil,	渔人回答说：

Wal ghot nab nab bangd nail,	我天天打鱼，
Wal leis ghob dat ghengb Jad Niul,	从来不离开，
Wenl Eb Zek geed nenl,	这里叫欧轴[①]，
Wal max buf Wangb Jox liux neil.	没见汪角以。
Xas jeet lab bongx bail,	她又到上滩，
Nas gangx dab vud ghol,	问守鸭娃娃，
Ob dab lins aok diot Eb Yux nenl,	这潭叫欧由[②]，
Lins aok diot ghenb diux xol,	人们设鱼梁[③]，
Mob buf wal Wangb Job max wieel?	可见汪角以？
Ob dab vod dlil dlil,	娃娃回答说：
Nab ab dait neil nongl,	时间隔不久，
Diongl nab ab saod feil,	就在几天前，
Buf mox Wangb Jox mul bail,	汪角以上河，
Dangb let gangb ghaox neel,	铁皮包竹篙，

① 欧轴：河道名，今不知何处。

② 欧由：河潭名，今不知何处。

③ 鱼梁：人们在河道上用石头和草等拦住水流，只在中间处开一个流水口，并在开口下方设有接鱼的栅栏，当鱼从上游顺水往下游出水口游时，会被栅栏拦在半空。这种捕鱼装置在地方上叫鱼梁。

Dangb sent gangb niangx sangl,	锑皮包船舱，
Qab ghaix yus ghaix yal,	悠悠又荡荡，
Qab ghaix yus dax bail,	悠悠撑上来，
Laol fat ghenb jad xol,	刚刚过鱼堰，
But Bongx Dlongb hvid lil,	松潭[①]的边缘，
Buf mox Wangb Job mul bail.	见汪角以上河去。

Wok Jif diangd yub jux jangl,	卧吉抬拐杖，
Nis det nis longx gongl,	拄拐杖沿河，
Mul xas langt fenb Zenx Linl,	她来到阵林，
Vangl Eb Dongf sangx bail.	欧董苗寨边。
Mul nas Niux Weib hvad wieel,	去问薇姑娘，
Nab ab dait neil nongl,	时间隔不久，
Senb bub dait neil feil,	就在前两天，
Buf wal Wangb Job max wieel?	汪角以来没？

Niangb dal Weib Jox Yil,	薇角以姑娘，
Ob dab vod dlil dlil：	她来回答说：

① 松潭：河潭名，今不知何处。

nab ab dait neil nongl,	时间隔不久，
diongl nab ab saod feil,	就在两天前，
Wangb Job ghot laol bail,	汪角以来这，
Laol baib ghot dal seef jul seb dol,	说完心里话，
Yos jeef ghot jul hvub mongl,	倾尽心中情，
Dal dek jenx eb bail,	牵手湿汗水，
Deef xis dieet niangx deeb daol,	相爱湿衣裙，
Mas bongt mox dab mul.	情尽他便走。
Songt mox dab laol deel,	送汪角以走，
Fat Venx Weib dliul dliul,	看他过应威，
Fat Venx Wei laol deel,	从应威下来，
Neix lob ghob deif dongs niangx sangl,	脚登上船舱，
Bail dek dinb yux neel,	手握紧竹篙，
Deef dias wab dax nenl.	船漂漂往下，
Mob nof mul nas gangx dab vud xol,	你问打鱼人，
Yul ghos lius liax liub geed nenl.	是否看见他。
Wok Jif dax pangb diangx wangl：	卧吉听妹话：
Wok Jif yub jux jangl,	拄根铁拐杖，
Nis det nis longx gongl.	慢慢随路寻。

Nas gangx dab vud xol,	来问打鱼人，
Dliab yul lius liax liub geed nenl,	安网在下游，
Nas gangx dab hvad wieel.	卧吉问他们。
Ob dab vod dlil dlil：	渔人回话说：
Nab nongl eb liub zat zenx zangl,	昨天发大水，
Teib mongb dlat dax nenl,	淌藤蔓下来，
Jees geef jees eb leel,	多条河汇涨，
Jees liongs jees haob nol,	多条江汇流，
Ghok diot dal liub nenl,	水集大河里，
Lit ghos mas mab yangx deel,	河水涨又急，
Hhvad mox dab dangx xil,	你孩被水漫，
Vangt ghos liof diot venb diux nial.	淹在大河里。
Lius lef hveeb max leel,	鳝龙不好心，
Lius gif ghenb niangx gul,	鳝龙戳船舱，
Das niof Wangb Jox Yil,	死了汪角以，
Mob vangt Zenx Linb geed nenl.	阵林的后生。
Wok Jif pob gheil wongl,	卧吉很生气，
Meib det mul bas bongx nenl,	铁棒硬生生，

Bas bongx eb dlal dlal,	啪啪打河水，
Yongk wax daib laol sal,	求天地帮忙，
Net vongx eb veel niul,	劈死那水龙，
Mob xangt wal dab laol bail.	好放我儿来。
Bongx eb lieef liongl liongl,	河水颤巍巍，
Mab dot Wangb Job laol bail.	不见汪角以。
Ninb ghob jos vus dax bail,	母亲伤透心，
Meis jos hvangb nenx nol,	无奈在呻吟，
Bub meis deek mul gheel,	谁能救我儿，
Bub bat deek gheel liol,	把他捞上岸，
Ghenb vangt naik laol bail ?	救我儿上来？
Pieeb lit mul gol xab ghol,	南方喊神鹅，
Pieet lok gol xab nail,	北方喊神鱼，①
Yongs ob dab laol gheel,	喊他俩来捞，
Ghenb neix dab laol bail.	扶我儿上来。
Ob dab vod dlil dlil,	他俩回话说：

① 神鹅、神鱼：神鹅和神鱼是水性特别好的人的代表。

Xak nod vongx eb deed mul jil,	龙拿去栽腿，
Niox lob haot bol diol,	栽脚像高跷，
Baib ghot mab dot dlinl ghel,	力小拉不动，
Mab dot vus ghongk laol bail.	难以扶上来。
Wok Jif diangd pangb diul diul,	卧吉絮叨叨，
Hais dias dink mul nenl.	哭喊声连天。
Xangk gangx dab diul lil,	有对打鱼人，
Vangt Eb Fieeb dangl nenl,	来自欧些寨，
Qab niangx liub genl genl,	撑船在河中，
Qab niangx liub nenl laol,	正好漂下来，
Vongs hveet gheib menb mul ghel,	快叫他来帮，
Ghongs wal Wangb Job laol bail.	扶我儿上来。
Ob dab vod dlil dlil：	他俩把话说：
Jut miees deek mox dab dangx xil,	孩子为何被浪淹，
Mob vangt liof diot venb diux nial?	死在河水里？
Wok Jif pangb diangx wangl：	卧吉回答说：
Nees niof Weib Jox Yil,	为了薇角以，

Vangt Eb Dongf sangx bail.	欧董寨姑娘。
Laos niof Weib Jox Yil,	去见薇角以，
Wal dab laol diangd vangl,	见完转回家，
Laol langt ghenb Niul Jad,	来到了纽塘，
But bongx dlab geed nenl,	黑滩的下边，
Lius lef hveeb max leel,	鳝龙心不善，
Lius gif ghenb niangx gul,	鳝龙戳船舱，
Das niof Wangb Jox Yil,	翻了汪角以，
Was wal Wok Jif dab dangx xil,	我儿被水淹，
Vangt ghob liof diot venb diux nial.	死在河水里。
Ob dab ghob haot hol hol,	他俩听明白，
Nias Wok Jif laol mul,	跟着卧吉去，
Deed dex dlob mul sal,	拿白铜杀龙，
Dint gox veeb dinl dinl.	石头摇晃晃。
Vongx eb max diangl xul,	水龙抵不住，
Vongx gheeb jongt vongx ghol,	鸡龙推鹅龙，
Vongx lius teib vongx nail,	鳝龙推鱼龙，
Jit xens niox meib tad bail,	龙王抵不住，
Xangt niof Wangb Jox Yil,	放了汪角以，

Vangt nof bongf eb dax bail.	汪角以浮出，
Xongb vangt miees Deel Diul,	停放在德丢，
Ghenb zeet bangs dangl nenl.	空旷沙滩上。
Genb diob nex jul mangl,	螃蟹吃了脸，
Nail feib hek jul gheil.	鱼虾吃了身。
Wok Jif pangb diul diul,	卧吉哭儿子，
Hait dias dink xil nenl.	声音很凄凉。
Meib bongd diul laol daok,	要好药来治，
Niangb ninl ninl dangl niuk.	希望儿复活。

Wok Jif diangd pangb diangb wangl,	卧吉把话说：
Meib bongd diul laol daok,	要好药来治，
Mox niangb ninl ninl dangl niuk,	像过去一样，
Mob diangd feil laol xenk.	起来说话吧。
Laot ghob max bub vod leil,	嘴不会说话，
Laot max bub ngangl ghaol,	口不会吃饭，
Gut max bub nenl niongl.	身不会穿衣。
Wok Jif diangd pangb diul diul,	卧吉哭儿子，
Hait dias dink xil nenl.	哭声真凄凉。

Diangd meib bongd diul laol daod, 好药要得来，
Diangd niangb ninl ninl dangk ghaot, 坐起像从前，
Menb diangd feil laol vangt ！ 快起来儿啊！
Vangt ghob deex lob ghenl ghenl, 脚伸且挺直，
Vangt max bub jangl bail. 双手不会弯。
Wok Jif diangd pangb diul diul, 卧吉哭叫天，
Bub mul lil vangt mieek xix yil ？ 葬在何地方？
Lil vangt mieek venx bail, 埋在山岭上，
Xeeb dal genb nenl nek dax gheel, 怕虫鸟来爬，
Ghenb mul yak neix liol, 叼去喂它娃，
Sob wal jenk niox wieel; 可怜我的儿；
Haot lil vangt mieek venx diongl, 若埋在山川，
Xeeb dal eb diongl liongk dax liol, 怕大水来冲，
Sob wal jenk niox wieel; 推走我的儿；
Ninb nof diangd lil vangt mieek dleex jil, 埋在篱笆边，
Meis tieet jangs diux vangl; 爹娘菜园边；
Lil vangt miees dangx nongl, 埋靠近父母，
Meis nens haof diux vangl. 寨中仓两边。
Dangl mangt wal meis dax lil, 夜间我能看，
Feil deet meis dax gol, 早上我能喊，

Wieex buf baib vangt nais nex ghaol.	常见我的儿。
Gol vangt nais nex ghaol,	母亲喊吃饭，
Vangt ghob mul jenx genb liax linl,	儿变成蝉虫，
Mul haik diot ninb langx deel,	落在甑子边，
Neix mul at deix dlinb wieel nol,	已变成鬼神，
Xat ghob gix hvub ghongl ghongl.	落在甑边叫。
Bak max xenb hed dangl,	父亲不知道，
Bak haot genb liax linl,	父说是鬼叫，
Bak meib det dax liol.	父提木棍打。
Dab diangd dliof bak diot songx lenl,	儿带上父亲，
Liub eb diot diongx neel,	一起向阴间，
Liees saof teib max mul,	这该如何好，
Yud das jeef mox denl.	病危在旦夕。
Bub dal sangs vut niangb xix yil?	哪里有大师？
Dlas vut niangb xix yil?	好师在何方？
Bub sangs dees laol xeel?	哪个师来用？
Bub dlas dees laol jul?	哪个师来解？
Xongt neix ninb feil laol.	解好父起来。

Gil ghos max xenb hed dangl,	卧无计可施，
Mal xangk liux gib jangd veel.	卧束手无策。

Max bub dal sangk vut niangb xix yil,	谁才是好师，
Sangk vut niangb Sax Bol,	好师是萨博[①]，
Mul xangt ib gangx gil,	叫对年轻人，
Mob yut mul ghenb neix laol,	去把他请来，
At diongf ghenb neix laol,	拿轿椅去抬，
Niuf sent taob neix jil,	拿好茶招待，
Vongs hveet mul gheib Wangx Bol,	快去喊旺博，
Gol Dlas Wangs dax xeel.	喊莎旺下来。
Veel qub naox ghal mangl,	绿帕遮脸面，
Veel jenb fenx leil dol,	蜂浆口中燃，
Wangs laot nex jenb niul,	师吞蜂浆火，
Wangs mas yux dlinb nenl,	能看见神鬼，
Wiees mas wiees dliul dliul,	变脸变速速，
Wiees mais diangf jab dol,	变脸在眼前，
Wangs ghos buf dlinb nenl.	师能把鬼找。

① 萨博：巫师名字。

Mul mongt ghaib yongx xul,	去看榕树脚，
Ghaib det xus dax bail,	从根往上寻，
Mab dot deix dlinb nenl,	找不到鬼神，
Zens jus liux ib neil;	寻不到瘟神；
Diangd laol mongt ninb dleex jil,	来看篱笆边，
Meis tieet jangs diux vangl,	寨边的仓脚，
Ghot mab dot deix dlinb nenl,	也不见鬼神，
Zens jus liux ib neil;	寻不到瘟神；
Laol mongt neix ninb zaid nongl,	又来看家中，
Dot niof Wangb Jox Yil,	原是汪角以，
Wok Jif dab dangx xil.	卧吉自家娃。

Wangb Job vod dlil dlil:	汪角以来说：
Mox xens wal ninb mal ghenl,	叫我母买牛，
Lis nix eb dangl wal,	买水牛等我，
Dof niut wal jens laol vangl;	明年我来家；
Mox xens wal ninb mal zeel,	叫我父买笙，
Lis gax zeib dangl wal,	买芦笙等我，
Dof niut wal jens laol vangl.	明年我到家。

Dlas Wangs diangd pangb diangl wangl,	师傅回答说，
Dlas Wangs diangd pangb dlil dlil:	鬼师把话讲：
Xens mox ninb mal ghenl,	叫你母买牛，
Lis nix eb dangl liol,	买水牛等你；
Xens mox ninb mal zeel,	叫你父买笙，
Lis gax zeib dangl mieel,	买芦笙等你，
Dof niut mox jens laol vangl.	明年你来家。
Dlas Wangs diangd pangb dlil dlil,	萨旺接着说：
Mox ghenb nenl lit nius nof mab yangd sangl,	你本命不好，
Max qab sangl but nius xib eed laol,	不带长命来，
Mox dab niul nof diangd das geeb nod bail.	你才壮年死。

Wangb Job vod dlil dlil,	汪角以回答：
Wal ghenb nenl lit nius ghot xongb yangd sangl,	我的命很长，
Baib ghot sal not mens xib eed laol.	长命随身带。
Yul meis sox bub niul yul,	别人母会生，
Yul bak sox bub niul yul,	别人父会带，
Yul meik sox bub sol mal,	别人母知买，
Yul bak sox bub sol mal,	别人父知卖，
Jus bof bab yul lol;	才得以善终；

Wal meis nof max bub niul wal, 我母不会生，
Wal bak max bub niul wal, 我父不会带；
Wal meis max bub sol mal, 我母不知买，
Mab jus bof eed bab wal lol; 才无儿养老；
Wal meis dax Job gil denl, 母亲来骂我，
Wal meis xif eeb ghax xial, 竟骂我坏话，
Gas lil vob yongx diul, 像吃苦马菜，
Lius nof hvangb max leel, 龙才心不善，
Lius gif ghenb niangx gul, 龙戳通船舱，
Leix baib nof dangx xil, 我才被水淹，
Vangt nof liof diot venb diux nial. 丢下年轻的性命。

Dlas Wangs laol pangb dlil: 大师回答说：
Wal geed mul xens mox ninb mal ghenl, 回去我转告，
Lis nix eb dangl bangl, 叫母亲买牛，
Geed xens mox ninb mal zeel, 叫父亲买笙，
Lis gax zeib dangl mieel, 买芦笙等你，
Dof niut mox jens laol vangl. 准备等你来。

Wok Jif dax pangb diangl wangl, 卧吉把话说：

Wal niub mab at niul,	我从不做鼓，
Sal nees dal dab nob hait wal,	因孩子害我，
Wal deix niub gud nenl,	我从外迁来，
Wal deix dab gud nenl,	不是本地人，
Wal meis ghot max bub ded daol,	没有鼓藏衣，
Sal ded deeb daid lial.	本是穿长裙。
Neix ninb lol mas dex zel,	母亲眼睛花，
Bak lol sok nex ghaol.	父亲老牙脱。
Bub mul dees mal ghenl?	到哪里买牛？
Lis nix eb dangl mieel;	买牯牛吃鼓；
Bub mul dees mal zeel?	到哪里买笙？
Lis gax zeib dangl mieel，	买芦笙吃鼓，
Dof niut wal jens laol vangl.	准备祭我儿。

二、买牛（Mal ghenl）

苗族人每过完一纪即 12 年，就杀牛、杀猪祭祀祖先，乞求人丁兴旺、五谷丰登，这一活动叫鼓藏节。鼓藏节是苗族最大的祭祀活动，在过节时，每家每户都要杀牛祭祖。过去，在过鼓藏节前，人们都会提前买牛喂养以供宰杀。杀牛前，人们会将牛拉进牛塘互斗一两次。过鼓藏节时，还要拉这些牛去牛塘旋转三圈，旋转时，牛主手抓牛塘里的泥土拍在牛背上，意思是让牛背财富回去，使来年丰收富裕。

为鼓藏节准备牛时，人们特别注重牛旋和牛角。牛旋有奇数和偶数之分，一般会选用旋为奇数的，此外，牛旋的位置非常重要，如果牛旋位置长得不好，就不会被人们看中。据说，旋长得不好的牛，如果被用于鼓藏，可能会使买主出大事。在下段歌中，也有精彩的描写牛旋的片段，间接地描述了人性的真善美。牛角则分宽角和窄角两种，宽角表示性情温和，代表褒扬的一面；窄角表示性情暴躁，代表贬抑的一面。

下段歌词描写人们选牛、买牛和放牛互斗的具体情况。阿蓉家喂了一头牯牛，加上阿蓉长得漂亮，所以她家人山人海。

Nees Wangb Jox mal ghenl,	因汪角买牛①，
Nees Eb Xeex veel niul,	因欧、写做鼓，

① 买牛：苗族鼓藏节前期的筹备工作之一。每过鼓藏节，家家户户都要买水牯牛祭奠祖先。

Qeet hek bus Wul Ghol,	五果吃鼓藏，
Wangs Zenx Linb dangl nenl.	阵林的下头。
Jox Dieeb ghot mal dal,	角叠①买一头，
Geex Meib ghot mal dal,	格梅买一头，
Vof Dlob ghot mal dal,	沃梭买一头，
Meil Bangk ghot mal dal,	梅邦买一头，
Wos Niok ghot mal dal,	卧妞买一头，
Fol Veeb ghot mal dal,	否耶买一头，
Lis dot zeib dlob dal,	买得四五头，
Zeib diut nix jeeb denl.	五六头水牛。
Sal neik nix ghab vangl,	全是些小牛，
Bail dot nix ghab gil,	还不得大牛，
Mieek at nix ghaib niul.	做不成鼓头②。
Jox Dieeb send nenl dlil,	角叠心里想，
Heek vees lees xid mieel,	米装进口袋，

① 角叠：人名，以下买牛涉及到很多人名，如格梅、沃梭等，他们是普通寨人，不再一一解释。

② 鼓头：即鼓藏头，鼓藏头在鼓藏节期间的地位很高，代表神圣、至高无上。人们对他的要求也非常严格，祭祀期间，鼓藏头夫妇要面朝东方静坐七天七夜，不能合眼，不能偏头，不能乱说话。寨上一切祭祀仪式均要鼓藏头家先行才跟着办，任何人不能擅自先做。这是规矩，历来没有人敢违背。

Guk nab fangs liad jeel,	雨伞挂肩头，
Xongs lab xangx gud diul,	带七个银锭，
Jox Dieeb xas Dail Yol,	角叠上摆育①，
Jeet Jox Liub mul bail.	走在大路头。
Laol Hongt gheib Laol Lil,	老红和老李，
Laol Mul xens Laol Dongl,	老木和老懂，
Ob dab diangd yenl ghenl,	他俩放牛回，
Hongt nix eb sel sel,	一路随牛后，
Qeet nix eb laol nenl,	来到了河边，
Jit jas diot diongb gongl,	相遇路途中，
Jit nas gheit diongb gongl.	半路问牛价。
Jox Dieeb vod dlil dlil,	角叠问话说：
Bub mob aok bus yil dees ghol?	鹅换几只鸭？
Niak bus yil dees liangl?	牛兑几两银？
Niangb gangx dab diul lil,	两个放牛人，

① 摆育：地名，暂无考证。

Ob dab vod dlil dlil:	他们回答说：
Wal aok bus juf jux ghol,	鹅换十九鸭，
Lias bus juf jux liangl,	银兑十九两，
Juf xongs lias dix ninl,	十七两不换，
Xos jus lias eed baib max mal.	少一两不卖。
Jox Deeb vod dlil dlil:	角叠把话说：
Mob sat nix ghas geed gongl,	你停牛路上，
Mongt nix eb hvad wieel.	让我把牛看。
Ob dab xangt bail dial.	牛主放了手。
Jox Dieeb mongt ghenl jol,	角叠仔细看，
Ghenl dlob seis dlob jeel,	四腿有四旋[①]，
Niak mul dlob yus dlob mangl,	牛身有四旋，
Seis jangf at zeib veel,	加鼻旋合五，
Ab diut yuk ghob bol,	这牛旋正好，
Mul ghob ghait dieek dab nail,	发财加发富，
Laol ghob ghait las jub fol.	吉祥加如意。
Seis jangf diangd niangb bail jil,	鼻旋在左边，

① 旋：牛身上的毛卷成的漩涡叫作旋。苗族传统观念认为牯牛旋的个数和位置能决定牛主的吉凶，因此，苗族挑选水牯牛时很讲究看旋。

Baib vees ghas lab neel,	三旋搭个圈[1]，
Dal tiab nod lol niul,	这牛真好样，
Ghenl vut xas hek Wul Ghol.	正好拿祭鼓。
Jox Dieeb nof ded liangl,	角叠付了钱，
Sangt liak dab gud diul,	开钱给牛主，
Dab fab nof tiongd ghenl,	主人牵牛鼻，
Songt bangk bab bod yeel,	交在角叠手，
Diot Jox Dieeb laol vangl.	角叠买下牛。
Xib langt Nenl Khaib vangl,	走到能开寨，
Nenl Langs jox fenb bail,	能郎是高坡，[2]
Nes jub jit gol geel,	画眉相呼应，
Nes xif des dlenl niul.	灰雀忙寻窝。
At wax daib dil vil,	天将黑下来，
Bieeb mant Nenl Hkaib vangl,	借宿能开寨，
Nenl Langs jox fenb bail.	能郎是高坡。
Dof nab ghenb diangl wangl,	到了第二天，
Dat wax daib liad vol,	天刚开始亮，

① 圈：牛每长一岁角上会形成一个圈。本首歌暂时翻译为圈，学名不知。

② 能开、能郎：地名。相隔很近，基本上可认为是一个地方。能郎是今天榕江县平江镇所在地。

Dieek wax xenb ghad seil,	四周还朦胧，
Jox Dieeb diangd mal sangl,	角叠去买船，
Lik niangx liub beil ghenl.	买大船载牛。
Qab niangx liub laol nenl,	大船撑下来，
Bangs ghos dax deeb Wul Ghol,	运牛到五果，
But Zenx Linb dangl nenl.	到阵林下头。

Jox Dieeb diangd gol vangl,	角叠喊寨人，
Menb deed gax zeib laol yenl,	吹芦笙引牛[①]，
Yenl nix eb mul vangl.	引牛进寨关。
Niangb gangx dab Wul Ghol,	五果的后生，
Deed gax zeib laol yenl,	拿芦笙来吹，
Yenl nix eb mul vangl.	引牛进寨上。
Dab yut ghob dax bongb denl denl,	娃娃两边看，
Zees gent bongb xul nail,	像蛆围臭饭，

① 引牛：吹芦笙引水牯牛是苗族的传统风俗，至今沿袭。据苗族古歌记载，过去的牛，没有角，没有腿，没有尾巴，没有旋，相貌特丑。人们吃鼓藏时需要用牛祭祖宗，但是牛一直睡在水塘里不肯起。人们叫白银嫁给牛，白银嫌弃牛丑，不肯跟牛结婚。后来神婆给牛安旋，安角，安尾巴等，经过装饰之后，牛由丑变漂亮，最终爬起跟人们干活，在鼓藏时用于祭祀，在节庆日子角斗。斗牛的时候，人们穿金戴银去看，牛不高兴，说白银当初嫌弃它，现在又放不下它。而芦笙去看，牛就非常欢喜，它们俩结下深厚情谊，所以至今人们斗牛的时候仍吹芦笙引牛。

Wok ninb jit gix liul,	妇女喊爹娘，
Jib heet mak nix ghenl,	寨人齐夸赞，
Tiab ghenl liangl hvangb vut jees mox deel,	此牛实在好，
Vut vangx xangb geed bal.	没牛比得了。
Meis jul longx khaib dial,	母拿好圈关，
Bak jul longx khaib dial.	父拿好圈关。
Bangs yif liangx tiab ghenl,	榾栗树搭圈，
Miees nix niangb lol niul,	关好祭鼓牛，
Miees ghenl nof xas hek Wul Ghol,	吃鼓在五果，
Benx Nenb haot hol hol.	本能说行行。
Jox Dieeb ghot mal dal,	角叠买一头，
Benx Nenb diangb jeet Dal Yol,	本能还没买，
Jeet Jox Liub mul bail.	上达约[①]找牛。
Benx Nenb ghot Bail Sail,	本能摆甩[②]牛，
Ghot Dangx Deib vangl bail;	是党堆寨牛；
Gol Niok ghot mul mal,	果聂也去买，

① 达约：地名，暂无考证。

② 摆甩：地名，暂无考证。

Gol Niok ghot Deel Diul,	果聂德丢牛，
Ghot Diux Yib vangl wul;	丢依寨上牛；
Laol Qub ghot mul mal,	老秋也去买，
Ghad mub dait dal diul,	老秋假苗族，
Laol Qub ghot Deel Ghol,	老秋德果①牛，
Ghot Wangs Aok dangl nenl;	汪敖下边寨；
Fof Veeb ghot mul mal,	佛耶也去买，
Fof Veeb ghot Nenl Xol,	佛耶能学②牛，
Ghot Diux Eb dangl bail;	丢欧上边寨；
Wangb Job ghot mul mal,	汪角也去买，
Wangb Job ghot Yul Nil,	汪角由霓③牛，
Ghot Jus Deik dangl bail.	久堆上边寨。
Ghenl ghos vut vangx xangb geed bal,	水牛好模样，
Neik liangx gab mongl seil,	角轮细又密，
Ghenl ghos liangx gab mongl xiongl,	轮密是好牛，
Vut vangx xangb geed bal.	样子确实好。

---

① 德果：地名，今榕江城内。

② 能学：地名，暂无考证。

③ 由霓：地名，暂无考证。

Deed dax deeb Wul Ghol,	赶牛到五果，
Wok Jif dax pangb diul diul,	卧吉虽高兴，
Haik dias dink Wul Ghol.	嘴却叫爹娘。
Wal ninb ghob lol mas ded zel,	眼花布难裁，
Bak lol sok nex ghaol,	牙老食难嚼，
Ninb lol vus lol dlinl,	人老无力气，
Bak lol jis lol ninl,	父老筋无力，
Bub dal dees diangd mul kheeb ghenl?	哪个来帮我？
Dal dees diangd mul hvub ghel,	早晚钻草坡，
Leek guf diot nix eb ngangl.	割草喂牯牛。
Neib ghob jos vus dax bail,	母无计可施，
Meis jul hvangb nenx nol.	捶胸口叹息。

Venx dliab ghot sal mal,	人人都去买，
Mal lik dot ghenl jul,	买下鼓藏牛，
Niob Gol Niok vub hveet bail mal,	果聂还没买，
Meil Bangk hveet bail mal.	梅邦还没买。
Ob dab diangb jeet Dal Del,	他俩上达斗[①]，

① 达斗：地名，暂无考证。

Jeet Jox Dlaob mul bail,	上角稍去找，
Meil Bangk ghot Dliab Vongl,	梅邦加翁[①]牛，
Gol Niok ghot Dliab Zaol.	果聂加早[②]牛。
Sal neik nix faib daol,	路途很遥远，
Dlial xongs mangt deeb nenl,	七天七夜走，
Ghenl nof lok qiut lieeb jul.	路远牛脚疼。

Xeex Eb hveet bail mal,	写欧还没买，
Xeex Eb ghot laol mul,	写欧也去找，
Xeex Eb ghot Xol Dial,	写欧学贾[③]牛，
Ghot Dlox Liub dangl nenl.	硕溜下寨牛。
Haot max tiab nenl nail,	谁说牛不斗，
Xit deix tiab nenl nail,	牛那么好斗，
Niak Zenx Genb dangl nenl,	在阵根地方，
Nab nongl ghenl ghos diut bieek Gongb Dlox Vol,	昨天刚刚斗，
Git Dlongk Daob niox laol,	斗到松导[④]来，

① 加翁：地名，今从江县，加鸠乡境内。

② 加早：地名，今榕江县计划乡加早村。

③ 学贾：地名，暂无考证。

④ 松导：地名，暂无考证。

Langt Dlongs Wangs bend bub dliox bail.	到松汪才停。
Dlof bait diot Eb Benx vangl,	名震欧本[①]寨，
Diot Fenb Fens dax nenl.	威震天下人。
Lis langt Fenb Dlox vangl,	分硕[②]将牛买，
Nias kheet Fenb Dlox mal.	去跟分硕购。
Ghaib gab lees jongx neel,	牛角[③]连头部，
Diongb gab deek fangx ful,	中间像圆圈，
Langt gof wais niux dil,	角尖像利剑，
Liangl gut mok jax bul,	像猫爪锋利，
Zenl laot ngos nex nail.	像鸬鹚嘴巴。
Ghenl ghos vees let jax gab neel,	角上装铁角，
Bangk jeet jox liub laol.	大摇大摆走，
Ghenl ghos xongt jox dlenb wangl wangl,	牛高高昂首，
Jeet jox liub laol bail.	牛主声声叫。
Bangk dax deeb Wul Ghol,	来到五果边，
Deed gax zeib mul yenl,	让芦笙来跳，
Tiuk nax jub wul del,	笙响牛兴奋，

① 欧本：古苗寨名，暂无考证。

② 分硕：地名，今从江县东朗乡苗谷村。

③ 角根：即牛角根部连接牛头的地方。

Nias bongx eb mul nenl,	不断晃动头，
Deik bongx eb bol xol.	跑到河边去。

Ghet Xeex pangb diangl wangl,	故写开口说：
Menb deed gax zeib mul lil,	拿芦笙去吹，
Mob dax baib beil ghenl,	来帮我撵牛，
Benl nix eb mul vangl,	捉牛关进圈，
Hob bab bangs weix wul,	不让牛乱跑，
Xeeb ghenl diut dos fab zaid nongl,	怕去人仓脚，
Lis saof fab max hol	打坏人谷仓，
Menb nof deed gax zeib mul lil.	芦笙拿去放。

Dab yut max bangb denl denl,	小孩都离去，
Vongk hveet leix menb wail ghenl,	只留捉牛人，
Gangf nees diot nix eb mul vangl.	捉牛关进圈。
Meis jul longx khaib dial,	母拿好圈关，
Bak jul longx khaib dial,	父拿好圈关，
Bangs yif liangx tiab ghenl.	角有八个轮，
Miees nix niangb lol niul,	是头老斗牛，
Miees ghenl nof xas hek Wul Ghol.	正好拿祭鼓。

Hveet dof nab bail mal,	时间尚未到，
Meif tiut liangl pieeb dol,	牛打圈梆梆，
Liangl bak jot dliongb jul,	像斧头劈柴，
Tiab ghenl laol vut jeek mob deel,	这牛实在好，
Gab jangl haot bangk mieeb nongl.	角大像方板。

Jox Dieeb vod dlil dlil,	角叠把话说：
Baib ghot mal dot nix jeeb denl,	牛已准备齐，
Juf diut nix ghaib dangl,	十六头斗牛，
Yif bieet nix fenb vangl,	八百头碰牛，
Bail jas Xeex Eb ghenl,	牛不比写、欧，
Bail jas Yongf liux ib neil.	人不比阿蓉。
Hob mul xangt nab nangx dol,	不要选常日，
Mangt dol las niox niul,	平常日子空，
Miees langt fab nex lenl,	等到节庆日，
Miees dab diul hek lens diot lab ninx jul,	年终人才多，
Gol kheet dlas dax wieel,	喊贵客来到，
Baib geed mul xangt baib nix ghenl,	再放牛打斗，
Baib nias bangk jongx deel,	给主人争光，
Gol kheet dlas dax deel.	给主人添彩。

Jof max niangk dal diangl,	力不比嫩牯，
Niuf ghob max niangk dal lol,	斗不比老牛，
Mongt mul eb mul nenl,	往东往西看，
Mongt mul jus mul bail,	往上往下瞧，
Mongt bieek dliab nix ghenl,	找遍斗牛场，
Mongt xongs wangk niob laol,	七个斗牛场，
Jus ghot lenk Bail Liul.	摆柳牛最狠。
Ghet Lens pangb dlil dlil,	故伦把话讲，
Max jas dal tiab Nenl Nail,	斗不过能乃[①]，
Ghot Dlox Liub dangl nenl,	硕溜下寨牛，
Vees let jax gab neel,	铁包在角尖，
Dal bangs mob diut sox mub bul.	这牛算最狠。

Haot meib ghot Bail Sail,	想要摆甩牛，
Ghot Dangx Deib laol dangl,	党堆牛来斗，
Benx Nenb max diangl hol.	本能不同意。
Benx Nenb vod dlil dlil:	本能把话说：
Wal nix eb ghot diongl mal,	我牛才刚买，

① 能乃：地名，这里是代词，是指这个地方的牛。

Wal lik nab neil nongl,	昨天才买来，
Nangx eb hveet bail zenl,	牯牛还很瘦，
Jox diub kongt ngal ngol,	脊背尽骨头，
Leix baib max hol dangl.	太瘦我不斗。
Haot mul meib ghot Yul Nil,	想要由霓牛，
Ghot Jus Deek laol dangl.	久堆牛来斗。
Wok Jif diangd pangb diangl wangl:	卧吉也来说：
Dliab yul mal bangk but ninb niul,	人买牛祭祖，
Ob wal mal bangk but dab niul,	我买牛祭儿，
Ninb lol vus lol dlinl,	人老无力气，
Bak lol Jif lol ninl.	腿老无筋骨。
Bak max gongb laod ghel,	父无力割草，
Guf sangt baib nix ngangl,	无草喂牯牛，
Meis max gongb daod ghaol,	母无力舂米，
Dlangs fieet laol yas nix ghenl,	无米糠喂牛，
Bangs nof kongt diub ngax ngol,	牛长这么瘦，
Wal tiab geex deeb dangl dlaol,	怎能放去斗，
Mob jeef xos niox niangb deel,	少说放一边，
Jeef not wal bangb bail,	多讲我生气，

Los lens laol bub vongl.	像荒坡坍塌。[①]
Diangd meib ghot Gil Meil,	才要格梅牛，
Ghot Xangx Gheeb laol dangl,	项格牛去斗，
Mob ghenl ghos lik niut ab laol,	牛早早买来，
Tiab bas guf yangl yangl,	招架稳当当，
Xongt jox diub ghenl ghenl.	牛身直挺挺。
Jox Dieeb max diangl xul,	角叠有些弱，
Jox Dieeb vod dlil dlil:	角叠把话说：
Mul meib ghot Gil Meil,	去拉格梅牛，
Ghot Xangx Gheeb laol dangl.	项格牛来斗。
Jox Dieeb vod dlil dlil:	角叠又来说：
Xangt niongk juf dlinx gongl.	只放二十庹。
Xeex Eb max diangl hol,	写、欧不同意，
Xangb veet wal tiab max mul,	近距离不行，
Diot vuk wal tiab ghot mab jenx dlinl.	牛使不来劲。
Haob xangt xongk juf dlinx gongl,	放它七十庹，

① 像荒坡坍塌：这是个比喻句。意思是人一发起脾气来，就像荒坡坍塌一样难收场。

Jox Dieeb ghob max diangl hol.	角叠不同意。
Mob xangt xongk juf dlinx gongl,	七十庹太远，
Leix baib benb max diangl hol.	怕碰坏牯牛。
Nof xangt zeib juf dlinx gongl.	才放五十庹。
Dlat kheeb nof dix ninl,	线牵牛鼻子，
Xangt bail dias genb bail,	老远放绳索，
Yent dias yees diongb deel,	牛飞奔进塘[1]，
Jit caob daib wax denl,	尘土起飞扬，
Dlongt dliub gheeb dax nongl,	鸡毛四处飘，
Aok gas mul xob diux wenl.	野鸭拼命逃。
Teek dieet liangl haob nol,	碰声如雷震，
Las gangt liangl bangb bail,	震波像塌方，
Zenl det diangs yenb nenl,	像河水泛滥，
Niul mot juk ghaib bail.	像洪水滔天。
Diut daib mul yis ongd liul,	下打撬泥土，
Qub wab ghos yis ghongd geel,	上打抠喉咙，
Ghait ghangf ghes dangx bail.	打双脚变红。

① 塘：是斗牛场地。

Jox Dieeb vod dlil dlil:	角叠来讲话：
Miees nix tiab jit mangl dlinl,	角斗比输赢，
Ghenl lis wuk deel nenl.	任牛打不停。
Meil yut ghob laol ghob bol,	年轻喊拉脚，
Meil ghaot laol kheeb ninl,	大人喊拉鼻，
Dliok ib det nix yenb sail.	解开牛冤家。
Miees gheit gil ghenb diangd mal,	下场再开打，
Miees dot niul seeb diangd dongl.	舞留下次跳。
Meil yut laol kheeb ninl,	青年拉牛脚，
Meil ghaot laol ghob bol,	年老拉牛鼻，
Laol dliok ib det nix yenb sail.	解开牛冤家。

Fenb deel sal saos ghot dax pangb dlil,	人人在议论，
Tiab ghenl mal jak Ghet Xeex tiab ghenl,	牛不比故写水牛，
Dab niul mal jak Ghet Xeex dab niul,	人不比阿蓉漂亮，
Mal jak Yongf liux ib neil.	不比阿蓉美。
Dangl saok mul bongb nix ghenl,	一些去看牛，
Dangl saok mul vongb Niux Yongl.	一些去看蓉。
Xit niangb zaid dial gongl,	蓉家在寨头，
Yeek niangb zaid dial gongl,	在大路上边，

Geed eb geed bail laol, 东面西面客，

Geed juk geed nenl laol, 四面八方到，

Yongl ghos bend eib zaid wol wol. 客人挤满满。

三、买笙（Mal zeel）

在苗寨，过鼓藏节时，寨上家家户户都会邀请亲朋好友来参加，老一辈人聚集在一起喝酒，年轻人就去跳芦笙。苗族芦笙分两种，一种是芒筒芦笙，就是芦笙有芒筒伴吹，声音浑厚响亮，吹奏时在原地左右摆动，这种芦笙往往是比声音响亮；另一种是跳月芦笙，声音轻松柔和，人们边吹边跳，舞步随芦笙曲调变化而变化。

鼓藏节前，各寨会分成不同的芦笙队，各队分别购买芒筒芦笙，然后聚在一起吹奏，看谁的芦笙声音响亮。芦笙胜出的关键，除了芦笙多外，芦笙调的选定也尤为重要。据芦笙制作师们说，各芦笙调之间，就像八卦中的金、木、水、火、土一样，也存在相生相克的关系。

在本段歌中，反复讨论了芦笙调式，什么调适合鼓藏头，什么调适合上寨、下寨等。苗族芦笙调有“gax zeib”（调五）、“gax diut”（调六）、“gax diut zeib”（调六五）、“gax xongs”（调七）、“gax xongs lol”（老调七）、“gax yif”（调八）、“gax yif lieet hvub jux”（调八傍调九）、“gax jux”（调九）、“gax jux guk”（调九坚）、“gax jux zeib”（调九五）等。按上面分析，比较音乐调式，应该是我国少数民族声调中的“宫、商、角、徵、羽、清

羽、清角”等调式。据高武芦笙制作师傅王水发说，芦笙总共有 21 个调。

本段的内容为人们为鼓藏节做准备，开始比试芦笙，声音传到正在大山里捕雀的阿稿的耳朵里。阿稿慌忙赶回家，拿了一把旧芦笙就去榕江找阿蓉跳舞。谁知阿稿的芦笙结满了蜘蛛网，声音不响亮，阿蓉不跟他跳，而去找阿拱跳了。阿稿姑妈梅多告诉他，阿拱倾家荡产买了一把新芦笙，才让阿蓉听得掉了魂，冷落了他，梅多又给阿稿出主意，让他要先买好芦笙、马和刀再来参加鼓藏节。阿稿于是拿银子分别去买了芦笙、马和刀，并在家将舞蹈练熟，才去榕江找阿蓉跳舞，这次阿蓉终于跟阿稿跳了，整个芦笙场上的人都在赞美他们。

Dof nab ghenb diangl wangl,	到了第二天，
Jox Dieeb diangb vod dlil dlil：	角叠把话说：
Baib mal dot nix jeeb denl,	我们牛已买，
Bail dot gax ib neil.	芦笙还没有。
Sangs gax jib Nenl Vangl,	师傅住能养[1]，
Gax angb xut diongl nenl,	竹子在山上，
Ghaox jeeb xut bail lol,	杉树在坡岭，
Dex dlob xut diul nenl.	铜片市场中。

① 能养：古苗寨名。

Venx dliab vod dlil dlil:	有人回答说：
Ghaox jeeb xut bail lol,	杉树在坡岭，
Mul xangt ib gangx gil,	叫对年轻人，
Niof yut mul pieeb neix laol;	把杉树砍来；
Gax angb xut diongl nenl,	竹子在山上，
Mul xangt ib gangx gil,	叫一对后生，
Niof yut mul meib neix laol;	砍竹制芦笙；
Sangs gax niangb yul vangl,	师傅在能养，
Mul xangt ib gangx lol,	托对老年人，
Niof ghaot mul gheib neix laol.	把师傅请来。
Mul gheib Xongf Linx laol deel,	熊令[1]制芦笙，
Xongf Linx niangb Nenl Vangl,	熊令住东寨，
Mul gheib Xongf Linx laol veel,	请他制芦笙，
Gheib seet vak laol sal.	他工具齐全。
Xongf Linx dax deeb Wul Ghol,	熊令来五果，
Wangs Zenx Linb dangl nenl.	到阵林下头。
Dliab yul nof jit vif niub gax dlenl,	众人议笙种[2]，

① 熊令：人名，当时芦笙制作大师。

② 笙种：芦笙的种类和调种。芦笙种类见前文所述。调种，是指各调芦笙。

Jenb nof liab tid gax zeel,	有的想嘎者[①]，
Yos nof liab at diongx niul,	有的爱芒筒[②]，
Jenb nof at gax zeib lol,	有的想调五[③]，
Yos nof at jux diongb dangl.	有的爱调九[④]，
Xit vif hvut gax dlenl,	人议论纷纷，
Vif dangl nab max jul.	半天没结果。
Xongf Linx pob gheil wongl,	熊令生了气，
Xongf Linx ghenb bail deel,	肩膀扛工具，
Ghenb seet vak mul lil,	到亲戚家去，
Mul xub kheet dlas vangl bail.	收制作工具。

Dat wax daib dinl venl,	天还没有亮，
Jox Dieeb send nenl dlil,	角叠夜未眠，
Wal xangb bieet max dlab diangd dinl,	睡不着又醒，
Xangt max nongb diangd nol.	忘不了又思。
Dof nab ghenb diangl wangl,	到了第二天，

① 嘎者：跳月芦笙。

② 芒筒：芒筒芦笙。

③ 调五：芦笙调种之一，属 C 羽调。

④ 调九：芦笙调种之一。

Jox Dieeb diangd gol vangl,	角叠喊寨人，
Vongk saot ob dangl laol,	停活来讨论，
Laol baib diangb jit xenk tid zeel,	商量做芦笙，
Vongk venx dliab laol veel.	定好请人制。
Jox Dieeb vod dlil dlil:	角叠把话说：
Gax zeib diot dangl niul,	鼓头制调五，
Yif guk ghot bab vangl bail,	上寨制调八[①]，
Jux diongb diot vangl deel,	下寨制调六[②]，
Jux guk bab vangl nenl,	东寨制调九，
Daos gheit max langb gil,	有没有意见，
Mens xut max seb nial?	合不合道理？
Jab ghob haot hol hol,	众人说好好，
Lab deel ghos daok neid denl,	是个好主意，
Dios neid deel jeeb denl.	人人没意见。
Diangd gheib Xongf Linx laol deel,	再去喊熊令，
Meib seet vak laol sal,	拿工具来制，
Meib det langk lenl dol,	苦竹火上烧，
Xongb det langk deex ninl.	竹子烤笔直。

① 调八：芦笙调种之一。

② 调六：芦笙调种之一。

Gax angb vod dlil dlil,	苦竹也说话，
Gax angb haot wal lol,	竹说自己老，
Wal mul net ghaox jangb ghel.	长年被树荫。
Sos nieef dil ghenb nongl,	打簧在仓脚，
Lees nieef dif genb ghel,	簧片装竹蔸，
Bok vof dil diongb yenl.	开孔在竹中。
Dal dongt ghob liangl haob nol,	中号[①]如雷鸣，
Dal des haot gheeb gol,	小号[②]像鸡叫，
Liangl liuk ghat senb mul.	像蛙蛇鸣叫。
Xongs leit ghob jenx zeel,	制笙七个月，
Des ghos qint fenb Zenx Ghol.	芦笙响阵果。
Dal deef niub gax dil,	男吹芦笙跳，
Yos ghos was eib dax sol,	女忘形来跟，
Hvub gab ghob but zenl vangl.	芦笙响满寨。
Xongs hvongk nof niongx niul,	七个队同吹，
Saib jus hvongk jux lol,	独听调九响，
Yif guk diangd saib gax liul,	调八响中柱，

① 中号：完整的芦笙队由高、中、低以及次高、次低音芦笙组成。中号指中音芦笙。

② 小号：指高音芦笙。

But Longx Vangb Dangl Venl,	遍地响芦笙，
But Longx Qib Dal Niol,	传遍周边寨，
But Venx Aib Dal Sail,	声音飞上天，
Jit dax caob nenl laol,	东风吹来到，
But wieex Ghob Dal Jongl.	笙向远方响。

But saos ghab vud dieel,	笙传到山坡，
Vangt lins nek hed bail,	阿稿在山上，
Deix Ghaol mul lius nek,	阿稿去安雀[①]，
Vud dieel mul dlongs juk.	安雀在山野。
Khab Ghaol mul jas sait jub naix dlil,	用心仔细听，
Jub naib geed mul nenl,	侧耳向东面，
Eb benb but denl denl;	听水流哗哗；
Jub naib geed bail niul,	侧耳向西面，
Jib fenb hait liul liul,	鸟儿吱吱叫，
Lias gas mul saib jeel niul;	喜鹊把喜报；
Jub naib geed Wul Ghol,	侧耳向五果，
Hvub diongb but denl denl,	芦笙响轰轰，

① 安雀：将黏糕敷在树枝表皮，将树枝立于树梢，周边挂媒子（捕鸟的工具），当雀飞过，听到媒子响，落在敷好黏糕的树枝上，就会被黏住，这个过程叫安雀。

But lias liuk Wul Ghol. 声音震五果。

Ghaol jenk laol pangb dlil, 阿稿心里想，
Gheeb deek bend dieel veel, 何处鸡生蛋，
Ninb deek bend lal niul, 何方人吃鼓，
Ngof benb cot ghas deek denl, 汇集在哪里，
Hek sangt ghas deek denl? 祭鼓在何处？
Bail diok ot denb zangl, 还不到季节，
Hveet diok leit haob nol. 不是祭鼓月。
Hvub neid hvub diongx niul, 这像吃鼓藏，
Qint genb daib dangx nongl, 芦笙响声声，
Niangs Wangs Laf dangx fenl. 禾晾[①]摇晃晃。
Yongf gheeb bend dinl veel, 蓉鸡会起窝，
Yongf ninb bend veel niul, 蓉母会做鼓，
Hek benb sangt niangb Wul Ghol, 吃鼓在五果，
Wangs Zenx Linb dangl nenl. 在阵林东头。
Jeel bail mul yos nek, 稿一边收雀，
Jeel bail mul zos wieek, 一边在跳舞，

① 禾晾：在屋边或仓边立的“井”字形树桩，为专门晾晒禾把的支架。

Dongl niul diot ghenb zet nek.	跳舞雀笼下。
Yok nes lees diongb ghongl,	黏糕放竹筒，
Yok nes lees yux Neel,	媒子挂竹竿，
Dal ghos diak wab laol vangl.	直奔家里来。
Ghaol meik laol pangb dlil：	阿稿母亲问：
Jik xat wal dab vud dieel,	过去你安雀，
Mul lins nek niangb venx nenl,	安雀在山坡，
Jit diongb nab max laol,	到中午才收，
Saos diut gos liangx wangl,	中午才回来，
Wal dab nof laol vangl.	下午才到家。
Dieek nod wal dab vud dieel,	这次为什么，
Lins nek niangb venx nenl,	在坡上安雀，
Dieek nod mox ghob laol vangl ?	早早就来家？
Deix Khab vod dlil dlil：	阿稿回答说：
Diees nod wal nangd hvub diongx niul,	我听笙鼓响，
Qint genb daib dangx nongl,	震地下声声，
Niangs Wangs Laf dangx fenl.	禾晾摇晃晃。
Yongf gheeb bend dinl veel,	蓉鸡会起窝，

Yongf ninb bend lal niul,	蓉母会做鼓，
Ngof benb zot niangb Wul Ghol,	祭鼓在五果，
Wangs Zenx Linb dangl nenl.	阵林的下头。
Bub niat ghas deek laol ngangl?	饭煮好没有？
Niongk niat teib wal dlinl;	吃饭我好走；
Bub xangt ghas deek laol nenl?	衣服在哪里？
Mangk xangt bieeb wal jeel.	换衣我好去。

Ghaol meik dax pangb diangl wangl:	母亲回答说：
Wal ninb ghob lol mak ded zel,	我年岁已大，
Bak lol sok nex ghaol,	人老没牙吃，
Wal nik nenb dangf xid mieel,	纱纺像头帕，
Daos daok dangf liad xol,	布织像晒席，
Bub wal xangt ghas deek mob nenl,	哪有衣你穿，
Bub wal niat ghas deek mob ngangl?	哪来饭你吃？
Wal hvad yul dab sal dek sod yeel,	人们拿农具，
Dek dliut yangk beid jil,	拿锄头上山，
Wal dab mob mul dek dend bul,	你却找衣装，
Dek dex dlob fieed bail,	白银手中拿，
Bub mob ghot ngangl niat ab xid Ghaol,	你也知吃饭，

Mob ghot nenl xangt ab xid Ghaol?	你也知穿衣？
Ghaol Jenk diangd dax pangb kad lial：	阿稿回话说：
Max zok ghos xeeb haod niul,	不去机会过，
Fat lab diongb ongd ghol,	错过五果鼓，
Niul Zenx Linb nod denl.	错过见阿蓉。
Zos zok eed wal diangd xeeb dliab xax yal,	去又在顾虑，
Yul diangd deis xik Deix Ghaol,	心忧外人说，
Hvab deis xik xid denl.	怕人瞧不起。
Mab zok ghob haod niul,	不去鼓藏过，
Fat lab diongb Ongd Ghol.	错过好时机。
Ghaol ghos dek dinb gax bal,	稿拿旧芦笙，
Deel diak wab dax dongl,	直朝五果来，
Laol saok fenb Zenx Ghol,	稿来到阵果，
Vangl Wangk Linb sangx nenl.	汪领的下边。
Zos wieek Yongf ghot max vongb gol,	稿跳蓉不跟，
Hes yenk Yongf ghot max liangb bail,	发烟蓉不理，
Yongf mul nias Ghongl Yeeb dongl,	蓉跟阿拱跳，
Dongl lias Ghongl Yeeb niul,	跳惯阿拱舞，

Laol was dal Xab Ghaol,	冷落阿稿哥，
Niof Ghangs Bail Qub vangl.	来自摆秋坡。
Meis Dob jeef kad lial：	梅多[1]把话说：
Dlas liub nof dal Ghaol,	富人算阿稿，
Yos kheb nof dal Ghongl,	穷人算阿拱，
Ghongl ghos was gheb niaf mul mal,	拱倾家财买，
Lis qub niof zeel diul,	得支新芦笙，
Zeel ghos saib geef gul liul.	芦笙吹响亮。
At deeb mob mens qub meif zeel bal,	稿吹旧芦笙，
Zeel ghos dof qob muf dal Ghaol.	破旧且发霉。
Ghaol ghos pob haof wongl wongl,	银装满箱子，
Mul dleib Yongf Wul Ghol,	快用银去买，
Was zeib haof mal Gheil,	拿五两给格[2]，
Gheil mul liangb liof laol veel.	托格找草药。
Ghaol was zeib haof dangl Gheil,	假如阿稿拿五两，
Gheil mul liangb liof dangl ghel,	格就会去找草药，

① 梅多：阿稿的姑妈。

② 格：人名，掌握使人相爱的草药。

Yongf bend eib jof nieel Ghaol.	蓉也会心爱阿稿。
Ghaol diangd kub haof zel naol,	稿却吝啬银，
Laol jus ob haof mal Gheil,	花二两给格，
Gheil ghos mul genb geef gal lial,	格到郊外去，
Mul liangb liof dangl jeel,	鱼蓼[①]当草药，
Yongf ghos lob deif Ghaol ninl,	蓉脚踢阿稿，
Ghaol ghos pob jangf wongl wongl.	阿稿知不好。
Lenl vob nof wal ngangl,	菜叶我独吃，
Dal hvab nof wal lol.	阿拱我独跟。
Ghaol ghos pob jangf wongl wongl.	稿听更生气。
Ghaol haot eib jof nieel Yongl,	稿侧身向蓉，
Yongf diangd xob diangf laol mul,	蓉起身离开，
Diangd mul vongb mieef dal Ghongl,	蓉心只有拱，
Dongl diangd eib jof yangl yangl.	起身跟拱跳。
Meis Dob jeet dax bail：	梅多把话说：
Dal dees niangb ghat ngax ngol,	谁站立不跳，

① 鱼蓼：一年生草本植物，叶子披针形，花淡绿色或淡红色，果实卵形，扁平。茎叶有辣味。

Nas meil dab yut dlinx vangl,	问群小顽童，
Dliab yul sal saos pangb haot Deix Ghaol,	都说是阿稿，
Khab Ghaol Jens caob dongt max zenl,	芦笙吹不响，
Khab Ghaol Jens caob dongt gax dal,	稿拿旧芦笙，
Lab zeel dek ghob but max liangl,	声音听不清，
Ghaol Jenk nof niangb ghat ngax ngol.	阿稿很无奈。
Meis Dob jeef kad lial：	梅多接着讲：
Yok xat niangb deix Ghongl,	穷人是阿拱，
Ghongl ghos was ib leit gheb dax mal,	拱舍得花钱，
Lis dot dinb gax zeel,	买下新芦笙，
Des ghos haot genb liax linl,	声音像蝉叫，
Dlial ghaib hof dax bail.	蓉听就想跳。
Ninb Yongl mul niangb diongf nex ghaol,	她在家吃饭，
Ninb Yongl ghos tiongb niaf max mul,	饭也吃不香，
Yongl ghos zob niaf lox vongl,	阿蓉丢饭碗，
Ghos laol daib gangf deix bail.	来牵阿拱手。
Dlak ghaot niangb deix Ghaol,	富人是阿稿，
Ghaol Jenk mul det dinb gax bal,	拿把旧芦笙，
Dek mul geet qob jax liul.	破旧且发霉。

Meis Dob jeef kad lial:	梅多出主意：
Laol wal xenk mox wieel,	来教稿新招，
Mul bab diot seex liangl,	你拿银子买，
Veel xongs liak mul bab diot Deix Gheil,	七两给大师，
Veel veeb zeet dex laol.	请格找草药。
Deb haot Ghaol Jenk bab diut senx liangl,	若阿稿舍得，
Veel liak zeib diot Deix Gheil,	五两给大师，
Gheil bend mul ghenb zeet vongx liangl,	格将到崖壁，
Lab dlenl dlongs vak mul liangb dot nangx jil,	找草药给稿，
Ninb Yongl dal yok bend laol eib aot jax Ghaol.	蓉就迷阿稿。

Khab Ghaol nof bab gheit max zenl,	阿稿吝啬银，
Nof bab pieet sangx liangl,	只给格半两，
Liak ob diot Deix Gheil,	一两二给格，
Gheil ghok mul genb tieet niux niul,	格走到菜园，
Mul wail yees mieef vob hangt jax bail,	抓得把野草，
Nof dleib diot Deix Ghaol.	来哄阿稿哥。
Dal jab vut nod wieel,	这便是草药，
Mob mul laob diot Niux jeel.	拿去给阿蓉。

Ghaol mul laob diot Niux jeel,	阿稿拿去放，
Yongf ghos dab mongt Deix Ghaol,	阿蓉瞧一眼，
Ghaol Jenk mul qub dongt gax zeel,	阿稿吹芦笙，
Zeel wieek diangd deef lob deit dax mul,	快步进场中，
Yeek diangd mul vongb ongt Deix Ghongl.	蓉仍跟阿拱。
Lab Ghaol mak ghob xent jenx dol,	稿脸红通通，
Meil dab yut mieex bail,	群娃乐开怀，
Deif daib diot Deix Ghaol,	拍手羞辱他，
Lab Ghaol mak ghob xent jenx dol,	阿稿红脸庞，
Bangb bail los leik ghob yut max zenl.	像荒坡坍塌。

Meis Dob jeef diangx wangl：	梅多把话说：
Laol wal xenk mob wieel,	教好你不学，
Mox dios wal niub niaf Bail Dlaol,	你是我侄子，
Wal diok mob dod lol,	我是你姑妈，
Dod meik wal kheeb Deix Ghaol,	姑妈我教你，
Haot dios bangl kheb gud nenl,	若与我不亲，
Dios gil dliab dlid yul,	各是些外人，
Wal ngal das ghot max kheib Deix Ghaol,	打死不会教，
Xens Ghaol lob ced niul.	教阿稿用计。

Xut ghenb diangd dinl niul,	只有等下次，
Deix khab menb diangd mul vangl,	你先转回家，
Nix eb diangd dangl bol.	把一切准备。
Deix Khab diangd mul vangl,	你回到家后，
Deix liub mob geed mal zeel,	先买新芦笙，
Lis dek mob diangd laol dongl;	用新芦笙跳；
Deix liub mob geed mal meil,	又去买好马，
Lis lik mob geed laol dongl;	买好马来跳；
Deix liub mob geed mal denl,	再去买好刀，
Lis seek mob geed laol dongl.	买好刀来跳。

Deix Khab ghob haoh hol hol,	阿稿说是是，
Liak gheit mul bab yul,	我银子很多，
Fenk dot nex seeb leel,	银多空送人，
At dees mab dob gheit mal dab meil,	怎么没有钱，
At deek max dob gheit mal dinb zeel ?	买芦笙和马？
Deix Khab diangd mul vangl,	阿稿回到家，
Deix Khab vod dlil dlil,	跟母亲商量，
Khab Ghaol mul nas meik nib nial:	他向母亲说：
Wal bend liab mul mal dek,	我想买芦笙，

Mal zeel mul zos wieek,	买芦笙跳舞，
Dongl niul fenb Yongl Yeek,	阿蓉才爱跳，
Fenb Zenx Ghol pieet niangk,	到阵果跳舞，
Ob wal dongl niul zos fenk.	才好去娱乐。
Ninb niul laol laot xenk：	母亲回话说：
Kheeb Deix Ghaol laot dlaok,	娘来告诉你，
Meil liod lil fab laot dlongk,	牛羊放满坡，
Xangx liangl fab laot gangk,	银子装满缸，
Meib wal xid at neik;	尽管拿去用；
Bak liangx liub lol nenl,	田地满山野，
Fenk yut mul bab yul,	小的送外人，
Fenk mul at nex seeb leel,	让人拿去种，
At deeb mab dot xangx mul mal dab meil?	咋说没有银？
Jeef diot ghas Khab Ghaol,	母亲告诉他，
Ghaol ghos kangb hvangb mongl mongl.	阿稿乐开怀。
Deix Ghaol nol sangt liak,	阿稿拿好银，
Ded liangl lees deel niok,	放在钱袋子。
Deix Ghaol meib songt dlongk,	他带白银去，

Sangx longl diot gil mok,	找好芦笙买，
Diot Liangx Heeb mul juk,	从两嘿[①]走去，
Sax lol tid zeel mieek.	到芦笙市场。
Deix Ghaol ab laot nak：	阿稿问师傅：
Bub mox zeel mal at yil deek?	芦笙多少银？
Sax lol ab laot xenk：	师傅回答说：
Kheeb Deix Ghaol laot dlaok,	让我告诉你，
Haot mox mal zeel mul zos wieek,	跳舞用芦笙，
Dongl niul ghenb haot ngeek,	如果在小寨，
Dongl niul diot dab yut niak,	跳给小孩学，
Dinb nod jul xongs liak,	这种十七两，
Jul zeib liangl ghot gok;	十五两能买；
Mox mal zeel mul zos wieek,	如果是比赛，
Mul teib niul Yongl Yeek,	跟阿蓉跳舞，
Mul lenb bangl yil wenk,	到大地方去，
Teib bangl dlieed nof mak,	芦笙才响亮，
Dinb eed niangb wul niangk,	这种在里面，

① 两嘿：地名。

Dinb eed jul bieet liak,	这种要百两，
Senb liangl mal nol gok；	千两才能买；
Mox nof meib mieed niul laol zek,	你自己来试，
Meib deid bail laol neik.	自己来挑选。
Deix Ghaol nol xongt dek,	阿稿看芦笙，
Meib mieed niul laol zek,	拿在手中试，
Meib deid bail laol neik,	轻轻用口吹，
Caob genl linl dal ghaok,	吹到中柱音①，
Saib genl linl dal dek;	低音响隆隆；
Caob genl linl dal dek,	吹到低柱音，
Saib genl linl dal ghaok;	中音响隆隆；
Caob wieex dal dongt dok,	吹到主柱音，
Hvub ghob zox liul det nak,	声音很洪亮，
Dinb zeel nod vut jeek,	这把芦笙好，
Deix Ghaol dal xut diok.	阿稿很满意。
Deix Ghaol laol sangt liak,	阿稿数银子，

① 中柱音：指排列在笙斗中间区域的笙管发出的声音。

Ded liangl diob ghet sangk.	付钱给师傅。
Sax lol laol sangt dek,	师装好芦笙，
Dlinx zeel diob Ghet Ghangk,	递到阿稿手，
Gux laol gux zol wieek,	稿边吹边跳，
Dongl niul geed gos liangk.	转圈像陀螺。
Laol fangx zeel diob dongt dok,	芦笙放屋中，
Ninb niul mab xangt juk,	风吹芦笙响，
Ninb niul haob veet yongk,	母亲不知道，
Genb benb gix laol bail dongt dok,	母说是蝉叫，
Max bub nof diob Ghaol gax mul zos wieek,	不知是芦笙，
Mul lenb niul Yongs Yeek.	跳舞好芦笙。

Deix Ghaol laol laot xenk：	阿稿把话说：
Nod wal mal zeel ghob dot jeek,	芦笙已买得，
Neid baib bend mal meil,	还要买好马，
Lis lif baib mul dongl.	要骑马去跳。

Ninb niul ab laot xenk：	母亲回答说：
Xangx laingl fab laot gangk,	银两多满缸，
Meib wal xid at neik.	自己尽管拿。

Deix Ghaol diangd mul sangt liak,	阿稿去拿银，
Ded liangl diot deel niok,	放在盘里称，
Sangx longl diot gil haok,	装进密箱里，
Diot Gil Dlaid mul niangk.	朝吉晒[①]走去。
Deix Ghaol mul sangt liak,	阿稿带银子，
Ded liangl diot Deel Niok.	来到德捏地。
Ghaol nof bub daob diot Gil Meil,	稿来到嵴梅[②]，
Jeet Xangx Gheeb mul bail,	又往项格[③]去，
Hvad lif sal bangk bongl bongl,	买马到市场，
Lif sal bangk gil meil,	好马一片片，
Bangk Xangx Gheeb jul dangl.	项格清一色。
Deix Ghaol ab laot nak,	阿稿问马价，
Kheeb Wangx diul bait dlaok,	直呼马主人，
Mox meil mal at yil deek?	问马多少银？

Wangx diul laol laot xenk：	马主告诉他：
Bub mox mal meil mul at dlak,	你买马做啥？

① 吉晒：地名。

② 嵴梅：地名。

③ 项格：地名。

Heeb mox mal meil mul zot wieek? 买马去跳舞，

Haob mox mal meil at dlak, 还是去干活，

Meil dlab meil angt ghek, 黑马凹踢下，

Meil dlab meil at dlak; 黑马好干活；

Haob mox mal meil mul zot wieek, 如果去跳舞，

Mul teib bangl yif wenk, 到大场合去，

Mul lenb niul Yongs Yeek, 和阿蓉比舞，

Eed mul teib bangl dlieed nol mak. 马骏人威风。

Mox mal ib dal meil bangk, 劝你买灰马，

Meil dlob meil deil fenk, 白马显神风，

Meil dlob daid deel daok, 白马尾巴长，

Bangb yangl yangl haot naok, 飘飘像束麻，

Eed meil dlob nof deis fenk, 白马能压场，

Eed nof teib bangl yif wenk, 赫赫显威风，

Eed mul vangb niul Yongl Yeek, 与阿蓉比舞，

Teib bangl dlieed nol mak. 众人心口服。

Deix Ghaol dal xut diok, 阿稿很满意，

Mal ib dal meil bangk, 决定买白马，

Meil dlob wal mul deil fenk. 让白马去跳。

Mox meil mal at yil deek?	马卖多少钱？
Dal nod jul bieet liak,	这匹一百两，
Senb liangl mal nos gok.	千两才能买。
Lab enb at yil deek?	马鞍多少钱？
Lab enb jul xongs liak.	鞍只需七两。
Dinb ceeb at yil deek?	鞭卖多少钱？
Dinb ceeb dal aot gak,	鞭要鸭来换，
Gangx gheeb mal ghot gok.	双鸡也换得。
Wangx diul laol sangt lik,	马主来接钱，
Dlinx meil diob ghet ghangk.	牵马给阿稿。
Deix Ghaol laol sangt liak,	阿稿数银元，
Ded liangl diob ghet zaik.	交给马主人。
Enb ghas dlef dial meil,	放鞍在马背，
Kheeb meil diob tiut sok.	关马在圈中。
Ninb niul mab xangt juk,	母亲不知道，
Ninb niul haob bieet ghongk,	母说是猪撬，
Max bub diob Ghaol meil mul zot wieek,	不知是稿马，
Dongl niul fenb Yongl Yeek,	跳舞的好马，

Fenb Zenx Ghol pieet niangk.	跳舞阵果寨。
Deix Ghaol diangd laol laot xenk：	阿稿把话说：
Kheeb ninb niul fat dlaok,	话同母亲讲，
Mal meil ghob dot jeek,	马已经买得，
Mal zeel ghob dot jeek,	芦笙也买得，
Neid baib bend mal denl,	还差把好刀，
Lis fieek neid baib mul dongl.	有好刀再去。
Ninb niul ab laot xenk：	母亲回答说：
Nab neil wal bend xens ghangk,	刚才我就说，
Kheeb Deix Ghaol laot dlek,	早就告诉你，
Meib wal xid at neik?	咋还不明白？
Deix Ghaol diangd mul sangt liak,	阿稿又称银，
Ded liangl diob Deel Niok,	朝德捏走去，
Songx longl diot Gil Haok,	到了狗市场，
Diot Gil Dlad mul niangk,	过狗市场后，
Sax diul laol dangt dek,	看见铁匠打，
Deix Ghaol ab laot nak：	阿稿去问他：
Mox denl mal at yil deek?	刀卖多少钱？

Sax diul laol laot xenk:	铁匠回答说：
Kheeb Deix Ghaol fat dlaok,	价格告诉他，
Bub mox mal denl mul meil niangk,	若买刀割草，
Lax ghaib niul leit xongk,	割埂七月间，
Dinb eed jul diut liak,	这种要六两，
Jul zeib liangl ghot gok.	五两也能买。
Haob mox mal denl mul deis fenk,	若买刀会友，
Dinb eed niangb wus niangk,	那把放里面，
Dinb eed jul bieet liak,	需要百两银，
Senb liangl mal nol gok,	千两才能买，
Dinb eed dal vak leet,	那把很锋利，
Liangl mongl dot xongk diat.	刀挥蚊子掉。
Deix Ghaol mul mongt fieek,	阿稿去选刀，
Dinb denl nod vut jeek.	这把刀很好。
Deix Ghaol laol sangt liak,	阿稿来付钱，
Ded liangl diob ghet zaik,	银称给铁匠，
Sax lol laol xongt fieek,	师傅拿好刀，
Dlinx denl diob Ghet Ghangk.	传到阿稿手。
Ghaol dax deeb hed bail dlongk,	阿稿到山上，
Deix Ghaol laol xongt fieek,	拔刀出来看，

Dlend bongl ghos fab laot dlongk,	雁惊魂落魄，
Dinb denl nod xangb vut jeek,	这刀真正好，
Xud menl niangb ob pieet dlongk,	野兽山里望，
Xud menl bend xeeb diat yeek.	野兽寒战战。
Fangx denl diob dongt dok,	刀挂在屋中，
Ninb niul mab xangt juk,	母亲不知道，
Ninb niul haob leit gangk,	母说是月光，
Nab benb daod wal bail dongt dok,	阳光照大地，
Max bub diob Ghaol dend mul zos wieek,	不知是稿刀，
Mul lenb niul Yongl Yeek,	跳舞的好刀，
Mul teib bangl yis wenk.	超群的好刀。

Ninb niul diangd laol laot xenk：	母亲把话说：
Kheeb Deix Ghaol fat dlaok,	来告诉阿稿，
Mox mal zeel ghob dot jeek,	芦笙已买得，
Mal meil ghob dot jeek,	马也已经买，
Mal denl ghob dot jeek,	刀也准备齐，
Nab dab mox laol zot wieek,	等太阳出来，
Mox dongl niul diot ghenb haot ngeek,	你去本寨跳，
Dongl niul diot dab yut niak,	跳给寨娃学，

Dongl niul haot wuf wieek,	如果像陀螺，
Haot nenb jangd dal diok,	旋转像蛇盘，
Haot dlenb bod bail dlongk,	像雁转山坡，
Eed mox geed mul deis fenk,	练好你就去，
Menb geed mul lenb niul Yongl Yeek,	和阿蓉跳舞，
Eed menb geed mul teib bangl yis wenk,	和众人比赛，
Mox teib bangl dlieed nol mak.	才心服口服。
Mox dongl niul diot ghenb hongt ngeek,	若在本寨跳，
Dongl niul haob neit zok,	跳舞像黄鼬，
Haot dliub dongl laot dlongk,	黄鼠狼弓身，
Mox ghenb songd mul khees bieek,	就安心开荒，
Mul ted deel yas meik.	陪爹娘种田。
Eed Deix Ghaol laol mul zot wieek,	阿稿练芦笙，
Dongl niul diot ghenb haot ngeek,	在本寨中跳，
Dongl niul dab yut niak,	跳给群娃学，
Caob genl linl dal dek,	吹到低柱音，
Saib genl linl dal ghaok;	中柱响隆隆；
Caob genl linl dal ghaok,	吹到中柱音，
Saib genl linl dal dek;	低柱响隆隆；
Caob wieex dal dongt dok,	吹到了主柱，

Hvub ghob zot liul det nak,	声音像雷鸣，
Zeel ghos saib denl but wangk.	震动芦笙坪。
Dongl niul ghos haot wuf wieek,	旋转像陀螺，
Haot dlenb bod bail dlongk,	像雁转山坡，
Haot nenb jangd dal diok.	像水蛇盘旋。
Zos wiees ghob haot gib lal,	舞跳像螺蛳，
Haot yif wiees eb niul,	像甲鼓[①]转圈，
Dliab yul ghos wieek mul ghenb feid dliul,	时而往里转，
Zok mul niangk feid dliul,	时而往外转，
Zok haot gib liux liul.	舞步像螺蛳。
Ninb niul dal xut diok,	母亲很满意，
Bub feil menb geed mul deis fenk,	叫他明天去，
Mul lenb niul Yongl Yeek,	和阿蓉跳舞，
Mul teib bangl yis wenk,	跟众人比赛，
Teib bangl dlieed nos mak.	让众人佩服。
Wal dab niul ghob diangd mul ghot saok,	安排人陪同，
Mul gheib meil yut sangk,	请一群小伙，

① 甲鼓：水虫名，经常在水面游来游去。

Ghaol ghenb mul zait jeek.	来陪阿稿哥。
Deix Ghaol laol haot heik,	阿稿说是是，
Mul gheib meil yut sangk,	去叫群小伙，
Bangb Deix Ghaol diat niuk.	路上有人帮。
Deix Ghaol mul ghot saok,	阿稿找遍寨，
Dot ib meil vangt sangk,	终于定好人，
Vongb Deix Ghaol diat nink.	陪阿稿前去。
Ghaol meik laol pangb dlil,	母亲放不下，
Bieet max dlab diangd dinl,	夜睡不能眠，
Xangt max nongb diangd nol,	忘不了又念，
Bieet wax dlob liad ghal,	熬到了半夜，
Xas neit gheeb liax linl.	鸡叫心慌跳。
Ghaol meis feil caob dol,	半夜来生火，
Niaf hot ghak diongb dol,	煮饭火塘[1]中，
Ghaol meik mul dangt ib dil yangl,	母亲去准备，
Deed dax ib dil yangl,	打一壶米酒，
Deed dax ib dal nail,	取一条腌鱼，

[1] 火塘：在屋内地下挖成的小坑，四周垒砖石，中间生火取暖。

Deed dax gheib meil lol.	喊祖先来吃，
Meib laol niak Ghaol ngangl,	祖先吃在先，
Niak Ghaol lob laol mul,	好保佑阿稿，
Khob bab dab diul lal,	不让坏人拦，
Zais mul Khab Ghaol meil,	不让鬼来乱，
Khob bab nek dial gongl,	不让鸟拦路，
Haot niangb nek dial gongl,	不让蛇来钻，
Mob qeet leix meib mul daol.	赶邪恶走远。
Khob bab nek dial gongl,	不让鸟拦路，
Niak Ghaol lob laol mul,	不让蛇来钻。
Xongs yos ghenb bail deel,	七人抬东西，
Dal yos xib Ghaol meil,	一人扶稿马，
Nias Ghaol ghenb laol mul.	护送稿前行。
Ghaol meis pangb diangx wangl:	阿稿母亲说：
Mox khob bab lif diux daol,	莫让马大步，
Haot mul daob geef nix meil,	道路坎坷多，
Khob bab lif diux daol,	大步走不稳，
Qak sat wak Deix Ghaol,	怕阿稿受惊，

Ghaol Jenk bub dliox liol,	惊慌怕掉魂，
Bos nes dal xeeb gheib max laol.	魂落召不回。
Dliab ghob haot hol hol,	小伙说是是，
Leix meib dliod laol mul.	陪阿稿前行。
Xib langt Nenl Enb vangl,	来到能恩[①]寨，
Fab dliat Nenl Enb vangl,	走过能恩寨，
Xib langt fenb Ghongd Bail,	来到宫摆[②]寨，
Vangl Ghas Liuk geed nenl,	走过宫摆寨，
Fab dlot fenb Gud Bol,	来到固簸[③]寨，
Vangl Ghas Liuk geed nenl.	走过固簸寨，
Deix Khab vod dlil dlil：	阿稿来交代：
Haob mul langt Nenl Seeb vangl,	走到能舍[④]寨，
Menb khob mul yangk gax dal,	不要试芦笙，
At qak dab pieek zox zangl,	这里表妹多，
Liaf baib ghak dlinx gongl,	拦路不放走，
Ghob mul mab saok Zenx Ghol.	耽误走不到。

① 能恩：古苗寨名。

② 宫摆：寨名。

③ 固簸：寨名。

④ 能舍：古苗寨名，今榕江县平江乡八瑞村。

Laol langt Nenl Seeb vangl,	来到能舍寨，
Meil yut max xenb nenl,	年轻人不懂，
Meil yut yangk gab zeel.	青年吹芦笙。
Nenl Seeb ghob not dab mol,	能舍的表妹，
Nenl Seeb ghob vod dlil dlil:	拦阿稿说道：
Mob mul deek Deib Ghaol?	表哥哪里去？
Laol nod baib liax niul,	和妹跳支舞，
Deif xut wuk gax zeel,	享乐哥再去，
Lab wangs đeek mab liax niul,	哪个笙堂不跳舞，
Lab deel deek mab nex fol?	哪个姑娘不怀春？
Ghaol ghos at eb max leel,	阿稿装呆傻，
Ghangk mul at hvangb max zenl.	心只有阿蓉。

Nod nab ghob bail juk yud leel,	太阳靠西山，
Jus dof langk niax ninl,	只有一竹竿，
Laol sat mak Deix Ghaol,	天将黑下来，
Leil mal bus liongk geed gongl.	夜行看不清。
Khab Ghaol nok send nenl,	阿稿心思量，
Haob dlial nink venx deel,	若是走下路，
Nink deel daob ghax jul,	下路坎坷多，

Daob nenl eb ghax jul,	沟深谷险阻，
Hvangb bail fenb dax dial,	山高路也陡，
Daif wal mub liax niul,	绕弯行不通，
Gheit zos wieek dax leel.	时间赶不上。
Nios Ghangk nof geex meil,	阿稿走下马，
Geex meil deik diux xol,	拉马过河去，
Xangt meil xak venx lol,	让马走山路，
Diot Bail Bangk dax nenl,	来到摆帮①寨，
Gees nenl liangk dax diol.	看见榕江城。
Ghaol nof dax deeb Bail Mongl,	稿来到摆孟②，
Guf Liangx Yongb dangl bail,	到两雍③上头，
Ghaol ghos dax caob neel jil,	稿吹曲芦笙，
Ghos dos gix eeb zal zal;	芦笙响隆隆，
Laol xangt lab gud diul,	放三响铁炮，
Ghaib haot lab yax jil,	地面摇晃晃，
Gof haot lab yax longl,	声音冲云霄，

① 摆邦：古苗寨名，今榕江县忠诚镇俾邦村。

② 摆孟：地名。

③ 两雍：地名。

Dok lab pot jux ghail,	又放扎鞭炮，
Niangk eb lit diax fenl.	地面啪啪响。
Yongl Yeek pieeb sait jub naix niul,	阿蓉一边跳，
Pieeb sait jub naix leil,	一边听四方，
Deb haot dios laif gud diul,	这炮声不同，
Laif benb fat eb dlod nenl,	不是一般客，
Laif neid laif zaid vangl,	他是我朋友，
Deel wieek diot fenb Wul Ghol.	带上大礼来。
Jas sait Ghaol caob zeel,	侧耳听芦笙，
Ghangs ghos dax caob nenl zeel,	芦笙隆隆响，
Ghos dax saib dinl diul,	声音冲云霄，
Ghos dos gix eeb zal zal,	震地面动摇，
Dok dax saib Bail Mongl,	摆孟闹哄哄，
Qint Venx Gheeb liul liul.	应革[1]摇晃晃。
Yongf ghos dax niangb Wul Ghol,	阿蓉在五果，
Yongf ghos mieex lob zenl zenl.	闻笙把舞跳。

① 应革：地名，今榕江县古州镇高限苗寨。

Yongf dax pangb dlil dlil:	阿蓉把话说：
Dinb gax neid wal dongl,	这声音我熟，
Dal sangk neid wal nieel,	我跟这人跳，
Wal bend lik at wal niul,	愿嫁他到老，
Wal laok at wal mol.	一辈子夫妻。
Bieel yees laol fab bail,	阿蓉来招手，
Vongk hveet meib laol deel.	叫阿稿快来。
Khab Ghaol ghok mab xul,	稿心忍不住，
Xangt meil deik diub xol,	骑马上大路，
Diot Ghangs Liangk dab nenl,	整个榕江街，
Dliab sal wak diongb dliangd gheil,	人人停脚步，
Yul buk gab bad bail,	个个抱芦笙，
Sal saok yub Ed Ghaol.	全向阿稿望。
Hvad Ghaol Jenk jongb meil,	阿稿骑白马，
Ghaol gangf enb liax ninl,	坐鞍把舞耍，
Ghos deel wiees diot lab dangx nenl.	轰动一条街。
Diangd deif diot lab dangx nenl,	忽儿这边跳，
Juk xat deeb dangx bail,	忽儿那边跳，

Deif diot lab dangx bail,	一会在坡下，
Juk xat deeb dangx nenl,	一会在坡上，
Jak eet dliab yox gheil,	来回把舞跳，
Yul sat wak vab bangl.	人心惊肉跳。
Ninb Yongl ghok vod dlil：	阿蓉把话说：
Nod Ghaol lab jongx meil,	阿稿想行乐，
Xok Yongl lab liangx niul,	阿蓉想跳舞，
Kheeb meil mieek dangx deel,	放马在坡下，
Mieek meil tiongb nangx niul,	让马吃嫩草，
Xak laol lab dangx bail,	郎来到坡上，
Wangk bail ob liax niul,	我们把舞跳，
Ob deif xut wuk gax zeel.	我们踩芦笙。
Dliab seef yud jul dink dol,	舞跳到夜深，
Jul zot ghob yud jul wangk niul,	场上逐渐散，
Jus wal Niux Genb diangd dangl juk Ghaol.	只剩蓉和稿。
Ghaol es bongk mab xul,	阿稿输了情，
Ghaol deis nink mab gil,	欠情说不过，
Ghaol Jenk laol caob zeel,	稿来吹芦笙，

Yongl Yeek mul genb bail,	阿蓉去梳妆，
Niub Yongl zongk vangb leel,	梳妆打扮好，
Khab Ghaol Jenk liab niul.	跟阿稿跳舞。
Caob ib wuk gax jangl,	一段舞曲难，
Caob ib wuk gax leel,	一段舞曲平，
Meib dal dek dab gol,	吹曲喊姑娘，
Menb mul deek Niub Yongl,	问蓉去哪里，
Laol nod ob liab niul.	快来跳芦笙。

Genb ghob deef dias wieek dab mul,	阿蓉应声去，
Ninb niul laol tiuk Niub Yongl,	母亲拉她手，
Xib Yongl diongk dab bail,	叫阿蓉别忙，
Mob ghob bail hveet zongk vangb leel,	妆还没化好，
Mob ghob deel dias wak dab mul,	就要跳芦笙，
Dliab ghob diut diak neib wal,	会让人笑话，
Dangf dal meik mab liangl,	人说不懂理，
Neix hvub gol nos mieek neib gol,	稿喊任他喊，
Ninb niul laol zongk vangb leel.	你先化好妆。

Ghob neex bail fieek ghongd geel,	项圈挂脖子，

Deeb lieeb bail fieek dlad liangl,	裙子捆腰间，
Pieet guf ghot mangk xangx liangl,	背上挂银饰，
Pieet diees mangk benb liul,	胸前配银花，
Faib ghob haot diuk benx bul,	远看像玫瑰，
Laol veet diok Niux Yongl.	近看是阿蓉。
Ghob neex jenf ghongd geel,	项圈挂脖子，
Benx eb tieek hed veel,	银簪插头间，
Vut vangx xangb geed bal,	蓉实在漂亮，
Liangl hvangb haot benx weib dongd jul.	像冬季樱花。
Khab Ghaol laol caob xongk wuf gab leel,	稿吹七段平，
Xongs wus Yongl ghot sal bub jul;	阿蓉全知晓；
Caob xongs wuf gab jangl,	又吹七段难，
Xongs wuf Yongl ghot sal bub jul,	阿蓉也知晓，
Deif mas Ghaol lob niul,	舞姿秀又美，
Heet sal buk Ghaol hvub zeel,	翩翩像蝴蝶，
Khab ghob angd niangk sab seil,	阿稿满头汗，
Niangs ghob angt venx ninb laol.	体力支不住。
Bieel Yeek diangd dax pangb dlil：	阿蓉把话说：
Mox mul niangk dangt venx ninb laol,	你汗流浃背，

Mox mul sab laot deix ninb ghaol,	歇会再跳舞，
Meis niaf dal nab nongl,	昨天吃的饭，
Wal xeeb mox bend kheik niaf dal Xab Ghaol?	想必是饿了。
Ghaol Jenk laol daib hol：	阿稿回答说：
Sab laot nex ninb ghaol,	我们歇一下，
Meis niaf jeel nab nongl,	饭是昨天吃，
Kheis niaf not mul neib Yongl.	已饥肠辘辘。
Bieel Yeek diangd laol pangb dlil：	阿蓉回答说：
Dieek nod ob niox niul,	我们停一下，
Was hek baib max dongl,	阿稿把饭吃，
Biees Yeek haot mul xib meil,	阿蓉去拉马，
Gangf lik mul ghenb dinl.	关在家楼脚。
Ghaol Jenk diangd mul pangb dlil,	阿稿他来说，
Mox khob mul xib meil,	妹别拉我马，
Lif bangs mab xangt genb Niux Yongl,	马不认识妹，
Lif lat menb yox gheil,	脚踢妹受伤，
At qak mox bub dliox liol,	阿妹会掉魂，

Los nenf diangd gheib max laol,	魂丢召不回，
At jas dliab xax yal,	人们当笑话，
Yul diut dias mox wal,	会嘲笑我们，
Xens meil yut mul xib meil.	叫小孩拉吧。
Ghaol ghos vongt Yongl ghenb mul.	稿随阿蓉去，
Ghaol Jenk diangd laol pangb dlil：	他问阿蓉说：
Wal hvad dab diul ghos mul at nak dlat kheeb dol,	人们缺少藤捆柴，
Wal Khab Ghaol ghos at nak tiut qib meil,	阿稿缺少圈关马。
Niak diot Yongl ghenb mul,	走在妹背后，
Bub at deek Niub Yongl?	不知怎么做？
Niux Yongb jeef kad lial：	阿蓉回答说：
Mob hvangb jul deek Ed Ghaol,	阿哥莫着急，
Niangb dangl tiut qib nix ghenl,	一半圈关牛，
Wak dangl tiut qib mox meil,	一半圈关马，
Wal geed dieek fieet bangk mongl xiongl,	簸箕簸细糠，
Wal geed dieek fieet yak mob meil.	细糠喂白马。
Mox enb meil laol fangk lox vol,	鞍别放屋外，

Bieeb yul laol fangk diux nial, 袍别挂门口，
Mox ghenb laol niangk niox wieel, 拿到屋里放，
Nod liub diul zaik Zenx Ghol, 夜间小偷多，
Xeeb diul zaik dax lal, 防止被偷盗，
Gik Ghaol xenk xangx meil, 偷走银马链，
Was Ghaol liak niox wieel, 盗走银马鞍，
Mox ghenb laol niangk niox lil. 放进屋安全。

四、进客（Dax kheet）

进客是指过鼓藏节时亲朋好友纷纷到来。本段提到很多人名，都是过去的知名人士，有的以美出名，有的以富出名，有的以官职出名，他们全都趁着鼓藏节的机会前来跟阿蓉比美。他们分别从衣装、容貌、金银首饰等与阿蓉比较，最终却都输给了阿蓉。

Xut ghenb diangd dinl niul, 本次鼓藏节，
Hek diangb dangt niangb Wul Ghol, 吃鼓在五果，
Wangs Zenx Linb dangl nenl. 阵林的东边。
Hek sangt max seeb niul, 鼓藏不白吃，
Nes wuf niox diogb xil, 像河堆石头，

Nes wuf max seeb niul,	堆石不白堆，
Nes wuf dex genb nail,	堆石集鱼群，
Leis lieef gox veeb dlil.	鱼群聚石下。
Hek sangt max seeb niul,	鼓藏不白吃，
Hek sangt dex senb bangl,	吃鼓聚千人，
Kheek dint yul dab dal,	约定亲友到，
Vangt dongf dax lenb niul.	青年来相会。

Benx Nenb mul lok Dliad Gol,	本能[①]来自雅郭[②]，
Benx Peib lok Dliad Bail,	本裴[③]来自雅摆[④]，
Laol langt fenb Venb Lil,	她们到应里[⑤]，
But Dlongs Liak sangx bail.	到松俩[⑥]上头。
Benx Nenb vod dlil dlil:	本能来问道：
Bub Ninb Pangb Jid Dil,	宁庞[⑦]计底[⑧]人，

① 本能：人名，当时比较有名的姑娘。

② 雅郭：地名，本能的家乡。

③ 本裴：人名，当时比较有名的姑娘。

④ 雅摆：地名，本裴的家乡。

⑤ 应里：地名，今榕江县平江乡八瑞村至古州镇高武村一带。

⑥ 松俩：地名。

⑦ 宁庞：人名，当时比较有名的姑娘，后面有她跟阿蓉比美的描述。

⑧ 计底：地名，宁庞的家乡，今平江乡当鸠村计底苗寨。

Mongl Eb Bub geed nenl,	欧补[①]下边方，
Bub leix meib mul deel,	宁庞是否走，
Bub leix meib dangl wal?	还是等我呢？
Venx dliab jeef dlil dlil:	众人回答说：
Pangb mul jeef nab nongl,	宁庞昨天走，
Jeef nab ab saod feil.	前天就动身。
Laol dax deeb Bail Bongl,	本能到摆蒙[②]，
But Dangx Ghab dangl bail,	党瓜[③]的上边，
Benx Nenb jeef kad lial:	本能又来问：
Bub Nenx Senb mul deel,	能生[④]是否走，
Bub Nenx Senb dangl wal?	或是等我呢？
Venx dliab jeef dlil dlil:	众人来回答：
Nenx Senb ghot laol mul,	能生也走了，
Neib mul jeef nab nongl,	她昨天就走，

① 欧补：地名。
② 摆蒙：地名。
③ 党瓜：地名。
④ 能生：人名。

Jeef nab ab saod feil,　　前天已动身，
Benx Nenb diangd laol mul.　　木能跟着走。

Dliaf Dliat los Dliab Mieel,　　霞夏①加篾②人，
Gheif Zeet los Dliab Zaol,　　革遮③加早人，
Pieek Diongt mul los Eb Nil,　　撇洞④欧霓⑤人，
Pieek Naos bub Dax Niol,　　片闹⑥达扭⑦人，
Dlial Fenk Songt dax nenl.　　从芬宋⑧下来。
Nenl deeb jit gangx daol,　　褶裙层层厚，
Nenl tiub jit gangx zel,　　脚笼镶花边，
Mul gheb at vangx gongl,　　劳作穿便衣，
Laol niangb at vangx vangl,　　闲暇穿盛装。
Dlial Fens Songt dax nenl.　　从芬宋走来。
Diot gheeb sal was geet max sal,　　鸡见忘抱蛋，

① 霞夏：人名。
② 加篾：地名，霞夏的家乡。
③ 革遮：人名。
④ 撇洞，人名。
⑤ 欧霓：地名，撇洞的家乡。
⑥ 片闹：人名，当时比较有名的姑娘。
⑦ 达扭：地名，片闹的家乡。
⑧ 芬宋：地名，今平江乡滚仲村。

Dliab sal was niat max ngangl,	人见忘吃饭，
Fenb deel ghos gok bieet max feil.	迷于看片闹。
Pieek Liof bub Zenx Dongl,	片略[①]镇董[②]人，
Deel Nins Xif dax nenl,	从宁夕[③]走来，
Dliab sal wak niaf max ngangl,	人见落碗筷，
Yul ghos dak leif max feil.	想她成病人。

Niangb meil pieet dliab jangl,	有群清江女[④]，
Jus yif ghot hveeb ngol,	十八已成熟，
Dlial geed nink dab nenl,	走在大路上，
Niangb faib yul haot dios benx bul,	远看像玫瑰，
Dlob zenl leit gangs venx nenl,	近看像月星，
Saos Bail Hait ghenb vangl,	她们到摆亥[⑤]，
Bangs bof haot dab ghol,	茫茫像群鹅，
Liangl bangs mul bieet ghab niul.	像草铺白雪。

① 片略：人名。

② 镇董：地名，片略的家乡。

③ 宁夕：地名。

④ 清江女：清水江支系的苗族姑娘。

⑤ 摆亥：地名。

Laol saos Nenl Bub vangl,	又来到能补[①]，
Nenl Langs jox fenb nenl,	能郎的东边，
Liongs ceit jenx baib dal.	这里三条岭。
Xongb laot mul nas genb bul,	她们问寨人，
Bub Qub mul hees max mul？	秋[②]去了没有？
Venx dliab vod dlil dlil：	人们回答说：
Qub mul jeef saod feil ,	秋清早就走，
Jeef diongb nab vax vol.	现在已中午。
Xit diangb langt Nenl Seeb vangl,	清江女到能舍寨，
Yul wais langt Nenl Seeb vangl,	来到能舍时，
Venx dliab vod dlil dlil：	清江女来问：
Nas Niux Aib hvad wieel,	妞哎[③]是否有消息，
Aib mul hees max mul？	是否已经去？
Nenl seeb vod dlil dlil：	能申[④]回答说：

① 能补：地名。

② 秋：人名，当时比较有名的姑娘。

③ 妞哎：人名，比较漂亮的姑娘，由于还没结婚就怀有身孕，不能参加此次比美大赛。

④ 能申：人名，苗族的普通姑娘。

Nas Aib ab xid neil ?	问哎做哪样？
Venx dliab jeef kad lial：	清江女回答：
Nas Aib wal ghos nias niangx sangl,	妞哎会撑船，
Nias niangx liub dlod nenl,	跟哎坐船去，
Baib dal dlial nins at dangx mub jeed dal,	路远脚酸痛，
Neif niangx gangb hvud liul.	胸口辣乎乎。
Venx dliab jeef kad lial：	能申回答说：
Dliab yul dat leis saix genb nail,	人捞鱼得鱼，
Ninb yongl dat leis saix nenb jangl,	哎捞鱼得蛇，
Niangb dal dliab yul kheet mul bus neix gangb liul,	不知怀谁娃，
Niux Aib saod hed tieel,	头发乱如麻，
Ninb yongl nios mas jenb gud dol,	脸黑像柴棒，
Nas Aib ab xid neil，	不必问妞哎，
Niux Aib max hol mul.	问也不会走。
Niangb meil pieet dliab jangl,	那群清江女，
Jus yif laol pangb dlil,	她们自言语，
Hvad ninb yongl nios mas jenb gud dol,	妞哎即将为人母，
Nab nab vub xud dol,	天天坐在火塘边，

Nias khaob liux at bul,	与火炕为伴，
Nees niuf zees dait dol.	守在坛子[①]边。
Jos xut venx dliab diangd dlial gongl,	清江女又接着走，
Dliab yul diangd deif nis laol nenl.	步行小路上。
At wax diab dil vil,	天将黑下来，
Yul dax deeb Wul Ghol,	终于到五果，
Wangs Zenx Linb dangl nenl.	阵林的东边。
Sal neik kheet faib daol,	很多远方客，
Dangl not mul bus ghaib dangl,	都钻鼓藏头的家，
Dangl xos diot fenb vangl.	少数访寨人。
Dof nab ghenb diangx wangl,	到了第二天，
Nab dins xif vongx dlenl,	辰时将要过，
Langt xif genb dax sol,	午时将来临，
Ghaib diongx vod diangl wangl：	寨老把话说，
Menb deed xangx dlob laol zenl.	开口来比赛。
Dliab jangl ghok deed xangx dlob laol zenl,	清江比白银，
Ninb Yongl ghok deed xangx dlob laol Dangl.	阿蓉准备等。

① 坛子：装洗头用的淘米水放在火坑边的坛子或罐子。

Benx eb ghot zenl Yongl,	拿银簪来比，
Ghot jas Yongf Wul Ghol；	银簪一样白；
Deed gab nix laol zenl,	拿牛角来比，
Gab nib ghot zenl Yongl,	牛角一样弯，
Ghot jas Yongf Wul Ghol;	分不出胜负；
Deed genb naix laol zenl,	拿耳环来比，
Genb naib ghot zenl Yongl,	耳环一般亮，
Ghot jas Yongf Wul Ghol,	也不分胜负；
Deed ghob neex laol zenl,	拿项圈来比，
Ghob neeb ghob max zenl Yongl,	项圈比不过，
Max jas Yongf Wul Ghol.	没有阿蓉大。

Venx dliab ghob vod dlil dlil,	人们都说道：
Dliab jangl ghos ghob liub dangf bangd linl,	清江像刀把[1]，
Ninb Yongl ghos ghob liub dangf sangd ngangl.	阿蓉像小腿。
Venx dliab ghob khat denl denl,	人们拍手笑，
Yul fens ghos khat dax saib vangl liul.	人议论纷纷。

① 刀把：比喻清江女的银项圈只有刀把大。

Diangd mul gheib Pieek Naos Dangx Niol,	又叫片闹和达扭，
Deed vangx xangb laol zenl,	先比容貌谁最美，
Vangx xangb ghob yud zenl Yongl,	容貌片闹也很美，
Yud jas yees Wul Ghol;	差点就比上阿蓉；
Deed ngeex weib laol zenl,	再拿姿色做比较，
Ngeex weib ghob max zenl Yongl,	姿色比不上阿蓉，
Max jas yees Wul Ghol.	没有阿蓉长得白。
Venx dliab ghob vod dlil dlil:	人们都来说：
Pieek Naos mox dlob geed sol bul,	片闹白一般，
Piees Yongs xangx dlob fat bail dil,	阿蓉白超群，
Dlob das dof sol liangl,	像银白皑皑，
Bangs bas bof sol ghol.	像鹅白花花。
Dlob liangl gheit diux gil,	像市场白银，
Bangs liangl leit wax niul.	像天上月亮。

Diangd mul Gheib Ninb Pangb Jid Dil,	又喊宁庞前来比，
Mongl Eb Bub diangd laol,	宁庞来自欧补地，
Menb deed ngeex weib laol zenl,	先拿姿色做比较，
Ngeex weib ghob yud zenl Yongl,	姿色宁庞欠一些，
Yud jas yees Wul Ghol;	差一点就像阿蓉；

Deed vangx xangb laol zenl,	再拿容貌做比较，
Ninb pangb ghos max bub nenl niongl,	宁庞不会打扮，
Nenl deeb at ghongl wongl,	裙子宽又大，
Jeel tiub ghob dlieet mul dengl,	脚笼破一只，
Vangx xangb ghob max zenl Yongl,	容貌不比上阿蓉，
Max jas Yeek Wul Ghol.	没有阿蓉长得美。
Diangd gheib Benx Genb bail lil,	又去喊本根[①]来比，
Guf Dlongs Lias dangl bail,	松俩寨子的姑娘，
Mob deed nenx mub laol zenl,	先拿衣服做比较，
Nenx mub ghot zenl Yongl,	衣装二人有一比，
Ghot jas Yeek Wul ghol;	两两分不清上下；
Deed ngeex weib laol zenl,	再拿姿色做比较，
Ngeex weib max zenl Yongl,	姿色比不上阿蓉，
Max jas Yeek Wul ghol.	没有阿蓉长得美。
Venx dliab vod dlil dlil:	人们齐说到：
Benx Genb xut Bail Lil,	本根住摆里，

① 本根：人名，苗族的有名姑娘，居住在摆椏山区。专门有本根的古歌和故事。

Benx Genb het ghaol diul,	她吃是粗粮，
Benx Genb xent manl xal;	脸庞红通通；
Yongf Yees niangb Wul Ghol,	阿蓉住五果，
Yongf Yees tiongb ghaol yeel,	蓉吃白米饭，
Yongf Yees bend dlongb bongl bongl,	阿蓉白嫩嫩，
Dliab deif ghos mab jangl,	谁都比不赢，
Yul nangf ghos mab xul.	谁都比不上。
Zenx Zeb mul lok Laol Hail,	阵州[①]的老海[②]，
Nenl Yenk bub Laol Wul,	能营[③]的老武[④]，
Nenl bub Ghet Ghol lol,	东来故果罗[⑤]，
Ghet Nix dab Xol Dial,	故倪[⑥]雄贾[⑦]人，
Vangt yuf nangk dangl nenl,	央尤[⑧]东边寨，
Diut dongs jus lab nongl,	六柱共一仓，
Dub bat juk dab dal,	六父共一子，

① 阵州：地名。
② 老海：人名。
③ 能营：地名。
④ 老武：人名。
⑤ 故果罗：人名。
⑥ 故倪：人名。
⑦ 雄贾：地名。
⑧ 央尤：人名。

Dub ghet jus dab niul,	六公共一孙，
Jif dax xongs dal meil,	骑来七匹马，
Xongk pangb bieeb tid yul,	七块绣花布，
Xongk lab enb daod liol.	七个亮漆鞍。

Dliux Niongb ghos lok Bail Xul,	柳农[①]摆秀[②]人，
Geex Meib lok Bail Wieel,	革梅[③]摆月[④]人，
Ninb Lait bub Bail Dil,	宁赖[⑤]摆底[⑥]人，
Diot Dangx Deib laol deel.	从党堆下来。
Jub Dot bub Vangl Yal,	久垛[⑦]养哑[⑧]人，
Diot Dlongs Liok laol deel,	从松罗[⑨]下来，
Nenl Deib lok Wangx Wul,	能堆[⑩]来汪武[⑪]，

① 柳农：人名。

② 摆秀：地名。

③ 革梅：人名。

④ 摆月：地名。

⑤ 宁赖：人名。

⑥ 摆底：地名，今榕江县计划乡境内。

⑦ 久垛：人名。

⑧ 养哑：地名。

⑨ 松罗：地名。

⑩ 能堆：地名，今榕江县定威乡所在地。

⑪ 汪武：人名，当时很有权势的人。

Jif dax xongk dal meil,	骑来七匹马，
Xongk lab enb daod liol,	七个亮漆鞍，
Xongk pangb bieeb tid yul,	七块绣花布，
Laol ib nins khaid diul,	带来一群人，
Meil dab xeek jax ninl,	官兵跟在后，
Sal dax nees Yongl dongl,	都来跟蓉比，
Nees Yongl lius Yongl niul.	来跟蓉跳舞。
Niangx Keeb ghos lok Bail Liul,	摆柳[①]来酿克[②]，
Diot Venx vanb laol deel,	从应央[③]下来，
Laol jif dax zeib dal meil,	骑来五匹马，
Zeib lab enb daod liol,	五个亮漆鞍，
Zeib pangb bieeb tid yul.	五块绣花布。
Mos Dos ghos mul bub Ongd Jil,	磨夺[④]恩几[⑤]人，
Ghenb Gongk Mongs geed nenl,	宫蒙[⑥]的下边，
Jif dax xongk dal meil,	骑来七匹马，

① 摆柳：地名。
② 酿克：人名。
③ 应央：地名。
④ 磨夺：人名。有名的侠士。
⑤ 恩几：地名。
⑥ 宫蒙：地名。

Laol ib nink wangx diul,	带来一群人，
Meil dab xeek jax ninl.	官兵跟在后。
Bub dal meik jux jeel?	是哪个母亲？
Bak ghet lek venx jangl?	是哪个父亲？
Bub dal meik lal meil?	哪里人骑马？
Bak xangt wangk deel wenl.	骑马跑来到。
Jif dax ib dal meil,	骑来一匹马，
Jus pangb bieeb tid yul,	披一块花布，
Jus lab enb daod liol,	坐在马鞍上，
Vut vangx xangb geed bal.	实在是威风。
Leix meib ghob laol dongl,	他也前来跳，
Sal laol neek Yongl dongl,	和阿蓉比美，
Neek Yongl liuk Yongl niul,	和阿蓉跳舞，
Liuk lab hek Wul Ghol,	来过鼓藏节，
Wangk Zenx Linb dangl nenl.	阵林的下边。
Deix Yeeb ghob lok Bail Neel,	阿拱摆呐[①]人，

① 摆呐：地名，阿拱的家乡。

Diot Dlongs Nak laol deel,	从松呐[1]下来，
Mut Wangx Ghangk Bail Dlaol,	他问旁人说，
Ghaol ab dot dax ib neil ?	稿怎么没来？
Xix dab geed yal gol,	是谁来最后，
Ghaol ghos dab geed yal gol,	阿稿来最后，
Niux Yongb vod dill dill：	阿蓉把话说：
Bub xis hvangb Ghaol mab laol,	是阿稿伤心，
Bub Ghaol ghos niangs gheb Ghaol mab zol.	还是阿稿忙。

五、杀牛（Jok nix）

鼓藏节有多个环节，杀牛是其中最为壮观的一环。鼓藏牛按规定要舅家人杀，牛杀死后，牛心脏归舅家人。

本段先讲跳芦笙，阿稿提前到，阿蓉拿毛巾给阿稿洗脸，阿稿却说毛巾是为阿拱准备的。阿蓉说他小气，说话伤人。到跳舞时，阿稿和阿蓉赢得众人赞赏，大家都说阿蓉人才美，阿稿芦笙好。跳完芦笙舞，阿蓉劝阿稿回避，自己则去会见其他朋友。阿蓉逐一把朋友夸。其他人不说，胜兴却直白地说阿蓉根本不喜欢他们，故意虚情假意地夸

① 松呐：地名。

赞，使阿蓉哑口无言。芦笙舞结束，人们陆续回家去，阿稿也想回，阿蓉说莎扭和阿拱不见了，劝阿稿留下帮阿蓉家做事。阿稿听信她的话，留下来帮阿蓉家砍柴、割草、架抵等。阿稿老老实实地帮阿蓉做事，等杀牛环节到了，亲朋都抬来礼物，阿拱抬来一块镜子，阿蓉高兴得一边去接礼物，一边去踩阿拱脚背，向他表示亲昵，阿稿在一旁气得直跺脚。杀牛的时候，阿拱拿牛索，莎扭提斧子，阿稿什么都不能做。

晚上，阿稿由于一直以来在阿蓉家住，自然还住阿蓉家，阿拱是过路客，在寨子边游荡。等到了夜深，阿拱走到阿蓉家，看到阿稿在，气得拉起柴棒就打阿稿，阿稿也不示弱，拔出大刀还手，两人大打出手。阿蓉母亲前来劝说，把道理讲明，说阿蓉是莎扭的表妹，要嫁给他“还娘头”。阿稿和阿拱的希望破灭，心灰意冷。

Xix dab geed yal gol,	是谁最后来，
Ghaol ghos dab geed yal gol,	阿稿最后来，
Enb meil fangk lob vol,	马鞍放廊檐，
Bieeb yul fangk diub nial,	披风挂门外，
Mox ghenb laol niangk niob wieel,	阿蓉把话说，
Liub diul zaik Zenb Ghol,	这里强盗多，
Xeeb diul zaik dab lal,	小偷来盗窃，
Nins ghaol xenk xangx meil,	偷走银马链，
Was Ghaol liak niob denl,	盗走金马鞍，
Neid nof ghenb laol niangk niob lil.	快拿进屋里。

Bieel Yongk ghot dal xenb nenl,	阿蓉真聪明，
Taob eb diot wieel diul,	架水在灶上，
taob eb vut yal mangl,	热水稿洗漱，
Zos mas niob vut ngangl ghaol.	洗好再吃饭。
Piees Yongs ghot sal xenb jul,	蓉聪明伶俐，
Xongk dleef qub tid yul,	七张绣花布，
Xongk lab khaob naox liol,	七个花脸盆，
Xenk leix menb yal mangl,	先叫客人洗，
Zos mas niob vut ngangl ghaol.	洗后把饭吃。
Deix Khab jeef dlil dlil：	阿稿把话说：
Xongs dleef bab bail dlaol,	七张旧毛巾，
Diot Dangx Qub yal mangl,	送给阿稿哥，
Miees ib dleef nod niangb dangl Ghongl,	一张新毛巾，
Dleef vut mul mieek dangl Ghongl,	留下等阿拱，
Xak Deix Yeeb laol wieel.	妹心只有拱。
Niux Yongb jeef kad lial：	阿蓉回答说：
Deb xib mob khed dlel,	哥这人心多，
Mob mul deed lab ghangb neid laol,	说话伤害我，
Ob wal xut xik jenb neid mul,	让妹伤心多，
Ab dot diok liux neil?	怎么是道理？

Dleef vut laol bab Deix Ghaol,	好毛巾给哥，
Dleef ghaot bab niux yul,	旧毛巾等拱，
Zos mak niob vut ngangl ghaol,	哥不必多心，
Hob jeef hvub at yil denl,	闲话那么多，
Khob jit vif saok liux neil,	喋喋念不完，
Zos mas niox dliab ngangl ghaol.	快洗好吃饭。

Xongs zof niangb khangd jul,	厨房坐七桌，
Meil ghaot niangb lox leel,	老人坐大堂，
Meil ghaot pob nix ghenl,	老人议牯牛，
Meil yut niangb khangd jul,	青年坐厨房，
Meil yut pob gax zeel,	青年议芦笙，
Liuk dangl nab max jul.	半天议不完。

Venx dliab laol heed vangl,	过往的人们，
Fenk dax pangb kad lial:	纷纷在议论：
Xongs yongk mul diot ghaib dangl,	从前七股进等方[①]，
Jus yongk diot ghaib niul;	一股进鼓头；

① 等方：在鼓藏节的时候，不论是亲戚还是陌生人，只要到来都是客人。因此，除了鼓藏头外，所有寨人都是等方。

Xongs yongk diangd laol diot ghaib niul,	现在七股进鼓头，
Jus yongk mul diot ghaib dangl.	一股进等方。
Venx dliab jeef kad lial:	有人解释说：
Yongl bak nof not qub yul,	阿蓉朋友多，
Bieel yeek nof not dab mol,	四面八方客，
Khob mul jeef dliongk at ib neil.	没什么奇怪。
Xit laol niangb zaid dial gongl,	阿蓉坐头寨，
Yongl niangb zaid dial gongl,	房屋在路边，
Yeek nof eib zaid wol wol.	客才挤满屋。
Niongs niaf niox jeeb denl,	吃完饭过后，
Dal dinb gangt dinb niul,	人们在议论，
Yok lab vut lab bal,	有的说好话，
Dal seef jul seb dol,	有的说小话，
Yos jeef jul hvub mongl.	半天议不完。
Bieel Yeek laol pangb dlil：	阿蓉对稿说：
Gos nik mul Xab Ghaol,	阿稿快去睡，
Nab ghenb ob diangd dongl niul,	明天还跳舞，

Ob diangd lis hek diot Wul Ghol. 重要在舞场。
Deix Khab haot hol hol. 稿回答好好。

Dof nab ghenb diangx wangl, 到了第二天，
Niongs niaf niox jeeb denl, 吃早饭过后，
Ghaol Jens diangd mul caob zeel, 阿稿吹芦笙，
Gangs dek mul diongb niul, 在大坪中跳，
Bieek Yeek laol diab bail, 阿蓉后面踩，
Liangl geek laol vongb Ghaol, 同阿稿共舞，
Zos wieek dangl nab lol, 跳了大半天，
Zok mul gub feid zenl, 时而往里舞，
Zok mul niangk feid zenl, 时而往外跳，
Zok sal haot gib liangx liul, 转圈像螺纹，
Vut vangx xangb geed bal, 舞姿像天仙，
Haot vongx eb ded nenl, 像天上彩虹，
Haot vongx eb geed wieel, 像水中旋涡，
Mul vut vangx xangb geed bal. 美到了极致。

Yul fenk dax pangb kad lial： 周边有人说：
Yongl nof vut bak ghob jux ful, 阿蓉银饰美，

Ninb Yongl vut meik deeb jux lenl,	有衣装修饰，
Yongl ghot mab vut vangx ib neil.	人不过一般。
Ningb Yongl nol pieeb sait mul jub naix niul,	阿蓉虽跳舞，
Pieeb sait jub naix zeel,	两耳听四方，
Pieeb sait dax jub naix bangl.	听人如此说。
Ningb Yongl bas diok mul genb bail,	迅速离开去，
Mul dlid bak ghob jux ful,	取头上银饰，
Tad meik deeb jux lenl,	脱身上盛装，
Nenl jus dleef mub dlongl,	换件薄衣服，
Sos jus linf genb diul.	穿便装去跳。
Yongl ghos dias wieef dongb niul,	场上的阿蓉，
Nenl deeb buf dlad liangl,	腰部显身姿，
Ngangl vob buf ghongd geel.	食管见白菜。①

Venx dliab diangd jeef kad lial:	人们议纷纷：
Lit nof benb fat dlinx genb bail,	节日脱盛装，
Yongl nof benb vut vangx nab niul.	阿蓉仍最美。

① 食管见白菜：苗语本意深刻，译成汉文后显得不美。这句比喻阿蓉白嫩到吞白菜在食管中都可以清楚地看见，形容她超凡的美。

Fens juk diangd laol pangb dlil：	旁人又来说：
Ghaol xangx vub bongt caob zeel.	阿稿好力气。
Yul waik laol pangb dlil：	有人反对道：
Ghaol vub bongt liux ib neil?	稿有何力气？
Neix ninb ghob jul ib bieet liak dab mal,	他已出重金，
Mal dot dek Dlob Vongl,	高价买芦笙，
Zeel hent denk dab dongl,	芦笙封得好，
Ghaol nos vub bongt caob zeel.	吹起不费劲，
Mul dot dek Nenl Venl,	能引[①]的师傅，
But Niux Vangb laol dongl,	纽央[②]买回来，
Zok bax lob dliul dliul,	才如此轻巧，
Ghaol max vub bongt liux ib neil?	稿有什么力？
Zok mangt diangd lol nab dil,	跳了一整天，
Wens yif diangd laol pangb dlil：	人人都称赞：
Caob zeel bend juk deib Ghaol,	笙美是阿稿，
Lob dongl ghot juk Niub Yongl,	舞美是阿蓉，

① 能引：地名。

② 纽央：地名。

Dliab sal saok ngab ngol,	旁人排不上，
Yul vab vut vangx ib neil.	找不出优点。
Vut juk Weib jax Fol,	好姻缘算薇和否[①]，
Vut jus Nik jax Yul,	好恩爱算倪和黝[②]，
Vut jus Yongf jax Ghaol,	好情缘算蓉和稿，
Vut juk Pangb jax Ghongl.	好亲戚算庞和拱[③]。
Vut juk xongk leix dal,	仅仅七八对，
Yif yos ghak vab veel,	再多找不出，
Yul ghot mab vut vangx ib neil.	其他排不上。
Haot dlob not bail jak Niub Yongl,	白不比阿蓉，
Xit dlob geed sol bul,	人们一般白，
Fenk sal dlob geed sol bul,	别人一般好，
Yongl ghot liangl dlob fat bail dil,	阿蓉白超群，
Dlob liangl gheit diux gil,	闪亮像白银，
Dangk ngangl put nex del,	像车纺白布，
Fenb deek ghot max xul.	没有谁能赢。

① 薇、否：人名，著名的情侣。

② 倪、黝：人名，著名的情侣。

③ 庞、拱：人名，庞是拱是表亲。

Zok mangt lol nab dil,	跳了一整天，
Leix meib diangd laol vangl.	回到家来坐。
Bieel Yongk diangd laol pangb dlil：	阿蓉把话说：
Laol xenk diot dal Khab Ghaol,	告诉阿稿哥，
Deix Khab mox mul vangl,	劝哥先回家，
Lens yenk niox menb geed laol,	下次再跳舞，
Miees wal ghob jit dal genb dal nail,	这次朋友多，
Wal dait dal nab dal dol.	还需要应酬。

Xit nax jub daid liul,	谁是好心肠，
Ghangk nax jub daid liul,	阿稿好心肠，
Deix Khab ghob xod dil mul.	听说就离开。
Bieel Yeek diangd pangb diangl wangl：	蓉对大家说：
Dot Liak mox bub Lox Xol,	朵栗[①]罗学[②]人，
Mob diot Dlongk Liub dax deel,	从大坳下来，
Dot Liak ghot liangl hveeb vut dinb diongx dol,	有根好烟杆，
Hek yenk ghenb nenx dil,	香烟甜如蜜，
Xangb bongt diangd sol benx yul,	吐气像大雾，

① 朵栗：人名。

② 罗学：地名。

Nongk langt ghab wax vangl,	在天上萦绕，
Mongt Lif fenb sangx bail.	到孟荔[1]天上。
Dot Liak diangd pangb diangx wangl：	朵栗回答说：
Mab vut dinb diongx dol,	烟杆虽不好，
Deek vut Genb niux yul,	阿蓉金口夸，
Dangk vut dingb diongx dol.	也像好烟杆。
Bieel Yongk diangd pangb kad lial：	阿蓉又来夸：
Dangt Yangk mox bub Dlox Nenl,	党阳[2]住硕能[3]，
Dangt Yangk ghot liangl hvangb vut lab xangx liangl,	党阳银饰美，
Gheit lok haot gab nix jol.	美像牛角弯。
Dangt Yangk diangd pangb diangx wangl：	党阳回答说：
Dangt Yangk mab xangx liangl,	银饰虽不美，
Deek vut genb niux yul,	全得阿蓉夸，
Ghos dangk vut lab xangx liangl.	也像银饰美。

① 孟荔：传说中的地名，歌中说在天上。

② 党阳：人名。

③ 硕能：地名。

Bieel Yeek diangd dax pangb kad lial：	阿蓉接着夸：
Nint Faik bub Dangx Ghongl,	宁怀荡汞[①]人，
Nint Faik ghot liangl hveeb vut lab niux yul,	宁怀好嗓音，
Mob laot lok sal haot eb box leel,	昨天唱情歌，
Longt dlek diot wal Genb yox diol,	歌声惹人醉，
Zenl veet gik diot lab ninx jul,	像夏天蝉鸣，
Dleib wal Pieet Yongk wal ghot xob yox dil.	像山间流水。

Nint Faik diangd pangb diangx wangl：	宁怀回答说：
Menb haot wal Nint Faik vut lab niux yul,	蓉说我唱歌，
Wal laot lok haot eb box leel.	像流水一般。
Mab vut eb box leel,	我唱虽不好，
Deek vut Genb niux yul,	全得阿蓉夸，
Ghot dangk haot eb box leel.	也像唱得好。

Bieet Yongk diangd pangb diangx wangl：	阿蓉继续夸：
Xut Xenk mox bub Diux Wenl,	秀欣[②]丢稳[③]人，

① 荡汞：地名。

② 秀欣：人名。

③ 丢稳：地名。

Mob diot Jus Liub dax nenl,	来自于西方，
Xut Xenk mob liangl vut dinb niangx sangl,	有艘打渔船，
Mob dat leik xangx xob gangx nail,	打得鱼多多，
Ghent leik diangd bab leix wal,	带来我们吃，
Dot leik eed baib nex leel.	给我们吃喝。
Xut Xenk diangd pangb diangx wangl:	秀欣回答说：
Mab dot leik bab nax lol,	鱼虽然不多，
Deef dot leik bab Niux Yongl,	就这么一点，
Hot denk diot baib nex leel.	让大家尝鲜。
Piees Yongk diangd pangb diangx wangl:	阿蓉还再夸：
Sent Xenk mox bub Venx Lil,	胜兴[①]应里人，
Sent Xenk ghot liangl vut dinb gax zeel,	胜兴芦笙好，
Mob dongt dok kaot genb liax linl,	声音像蝉鸣，
Liangl veet gik diot lab ninx jul,	像春天鸟叫，
Dleib wal Pieet Yongk wal ghot xob yox diol,	笙响我心跳，
Baib Dal vut mul lat mok diot menb gax zeel.	落魂不知道。

① 胜兴：人名。

Sent Xenk diangd pangb diangx wangl:	胜兴回答说：
Mox haob wal Sent Xenk vut dinb gax zeel,	夸我芦笙好，
Dongt dok haot genb liax linl,	声音像蝉叫，
Dleib dal Pieet Yongk mox xob yox dil,	差点把魂掉，
At deeb nab nongl wal zot wieek,	为何我昨天，
Mob ghob max vongb leix wal?	吹笙你不跳？
Xat dliak baib nod mul,	还把我们笑，
Mob longt dleib baib nax bal,	现在假夸人，
Nius niangk at ib liux neil ?	讽刺我们玩？
Pieet Yongk diangd deeb niux dil,	蓉哑口无言，
Xangt niuk leix meib diangd mul.	没有语言对。
Deix Khab diangd laol vangl,	阿稿转回来，
Deix Khab ghob vod dlil dlil:	看到鼓藏场，
Vangl liub fenk diangd dangl,	客人都离去，
Vangl yut dliab diangd jul,	路远先回家，
Senb venx fenk sal mul,	只有附近村，
Niangb jus Dliab Venx Wuk bail mul.	近路还没回。
Niux Genb diangd jeef diangl wangl:	阿蓉把话说：

Mox jeef Dliab Venx Wuk xid neil,	虾应乌[①]赶场，
Nab nod yul waik diangd mul,	今天他们回，
Bub fenx yul waik diangd laol,	明天又来到，
Dliab Venx Wuk nind dol,	他们挑柴卖，
Nof bend lab xux xongk nind dol,	一年四季挑，
Jenb nof dal lik sad sel,	有的换钱米，
Jenb dal lik xeed ngangl,	有的换油盐，
Zaib dax biees Ongd Ghol,	挑柴堆来卖，
Ghaib yongl xuk bad jul,	停放榕树脚，
Mob khob mul Dliab Venl Wuk xid neil,	不像远路人，
Genb nof mal jangk mox mul.	不像远方客。

Deix Khab jeef kad lial：	阿稿回答说：
Genb Yongl mal jangk deix mul,	妹不让哥走，
Niangb laib xeeb wal meik jul ghaol,	久等母亲急，
Jul niak ghab wieel sel,	家中无劳力，
Niangb laib xeeb wal meik jul dol,	锅罐没米下，
Jul zot ghak dinl diul.	家中无柴烧。

① 虾应乌：地名，榕江县古州镇高文和高武苗寨。

Bieel Yeek diangd laol pangb dlil:	阿蓉把话说：
Bub mox dleib meil gil,	哥若哄小孩，
Niof yut menb dangx dol,	孩子会相信，
Yul bend liok zot bab mob bail;	把哥话当真；
Dlek mox dlek meib lol,	哥若哄老人，
Niok ghaot benb dangx dol,	老人也相信，
Dab lol bend liok zot bab menx bail;	把哥话当真；
Menb yangk dax dleib bieel Yongl,	哥来哄阿蓉，
Hvad wal Ninb Yongl nios diongb mab ded niul,	筒不信芦笙，
Wal Xib Bieel niok mox mab Ed Ghaol ?	蓉不信阿稿。
Mox niangb niongk juf daod ghaol,	哥叫二十人，
Pieeb ghaol pieeb fieet laol yak mox gheel,	舂米喂鸡群，
Mox gheeb bieet laol yak bad dinl,	鸡猪满山坡，
Mox niangb xongk juf ded dol,	哥叫七十人，
Pieeb bail pieeb det laol xak mox dinl,	伐薪在山中，
Mox ninb ghot mab dot jul vuk liux neil ?	哥哪用操心?

Khab nof es bongs max xul,	阿稿无言答，
Ghaol deis nink max gil,	家事被揭穿，
Khab nof diut ghak leel leel.	又来哈哈笑。

Niux Yongb diangd jeef diangl wangl：	阿蓉继续说：
Diongx niangb nof nieel niul,	筒鼓两不分，
Mox niangb nof nieel wal,	你我两不离，
Ninb Yongl yees max dob kheet liux ib neil.	心只有阿稿。
Kheeb ghaot nof jus Dlab Niul,	表哥是莎扭，
Jus Dieet Yenk Ghaib Yal,	该雅[①]苗寨人，
Xeeb Niul ghot mab dot dax ib neil;	目前还不来；
Kheeb hvit nof jus Yeeb Ghongl,	朋友是阿拱，
Jus Deix Yeeb Bail Neel,	他是摆呐人，
Guf Dlongs Das dangl bail,	住松纳寨头，
Daob jox eb ghol yul,	江宽鹅难游，
Faib jox fenb Ghongl dlial,	路远拱难走，
Daob eb dal ghol bank ghot mab hangd yul,	江宽鹅群不爱游，
Faib fenb dal Ghongl Jenk ghot mab hangd dlial.	路远阿拱不常走。
Mox niangb nof sal ghenl,	哥留才杀牛，
Mox niangb nof jil diol,	哥在才架抵[②]，
Mox nof ghenb diuf laol jil;	砍枫树来栽；
Mox niangb nof ghenl dol,	哥留才砍柴，

① 该雅：地名，今榕江县八开乡高雅村。

② 抵：杀牛架，形如“X”，一般要用枫树枝架。

Ghenb zot xak wal dinl;	担堆柴来家；
Mox niangb nof ghob vol,	哥留才割草，
Leek nangx yas baib ghenl.	挑牛草来家。

Deix Khab jeef dlil dlil:	阿稿回答说：
Wal nof bend niangb jil diol.	那我就架抵。
Ghangk nof bub Bail Fol,	阿稿上摆否，
Jeet Liangx Yongb mul bail,	到良庸[①]去找，
Ghangk nof niox nab ghenl diul,	天天扛枫树，
Mangs diuf jib Bail Fol,	在摆否上方，
But Liangx Yongb laol deel.	良庸的附近。

Mul ghenb diuf laol jil,	稿天天扛树，
Lok ghaox dlenb jul dangl;	肩膀脱层皮；
Ghaol nof niox nab neel neel,	稿天天破篾，
Ghangk nof neex zeb bal bail;	手指生老茧；
Ghaol Jenk mul ghenb dol,	稿天天扛柴，
Ghenb dent laol dangk teb bal;	捆柴像木桶；

① 良庸：田名。

Ghaol Jenk mul ghob vol,	稿天天割草，
Ghenb dent dangk lab tongl.	挑草像谷桶。
Gheb Xeex ghob haot wal xab Ghaol,	故写说女婿，
Wok Eb ghob haot wal xab Ghaol,	卧欧说女婿，
Wal vangt xangx liub dlinl,	女婿有力气，
Jul lab vangl Ghangs Liangk bend max niangb dal,	盖过全寨人，
Mab dot dal deek haot mox ib Ghaol.	无人比阿稿。
Langt diongb nab diax diol,	到中午时分，
Sat eib gos liangx wangl,	太阳向西偏，
Deix Dlab ghob lok Vangl Yal,	莎扭前来走，
Diot Dlongs Liok laol deel,	从松略下来，
Xib dax dal liod lil,	牵来头黄牛，
Laol ib taok sad sel,	挑来一袋米，
Juf zeib jot naix yeel,	五十把糯禾，
Laol ib gangk jod yangl.	一缸糯米酒。
Yongl bak mul sent dab neil,	蓉父亲自接，
Yongl meik mul sent dab mol.	蓉母迎侄子。

Sat eib gos liangx wangl,	太阳快落山，
Langt xif gheeb dab sol,	未时即将过，
Langt xif leeb dab sol,	申时快到来，
Deix Yeeb diangd lok Bail Neel,	阿拱也来走，
Diot Dlongs Nak laol deel,	从松呐下来，
Kheeb dab dal beid ghol,	一挑掉颈鸭，
Laol baib jot naix yeel,	三把糯谷禾，
Diangd laol lab ent wangx fangl,	还有一面镜，
Laol jaob diot Niux Yongl.	交在阿蓉手。

Ninb Yongl xas buk dliab diot nox deel,	阿蓉喜照镜，
Ninb Yongl kangb hvangb vut mieex bail,	高兴来拍手，
Ninb Yongl mob bail diangd liab sent Deix Ghongl,	一手拉阿拱，
Veel bongb sent Deix Ghongl,	一手接礼物，
Veel lob mat deix ninl.	踩阿拱脚背。

Ghaol niangb pieet niux niul,	稿蹲在一边，
Ghaol pob bongt diangx wongl,	火从胸口冒，
Wal nab nab ghent nangx dol,	我天天卖力，
Ghenb dol ghenb ghab jeet mox dinl,	挑柴挑草累，

Mob ghot max veel bongb sent Deix Ghaol,	蓉从不理我，
Mob ghot max veel lob mat deix ninl.	不踩我脚背。
Ghongl nos xib xat dax dlial,	拱这穷模样，
Ghongl bub diot Zenx Yangl,	昨天去阵养[1]，
Mal mieef lab ent wangx fangl,	买得块镜子，
Ninb Yongl ghos kangb hvangb xut mieex bail,	阿蓉就高兴，
Mob jeel bongb sent Deix Ghongl,	一手接礼物，
Jeel lob mat neix ninl,	还踩拱脚背，
At wal diangd pob bongt mox denl.	真是气死人。
Ghet Xeex niangb dal lol,	故写老人家，
Ghet Xeex pangb dlil dlil：	安排事情说：
Vongk hveet mox xib ghenl mul,	快拉牛去杀，
Mob deed nix eb mul sal,	杀牛祭祖先，
Wax senb neb jod yangl,	吃饭的时候，
Hek nix eb leed jil.	才有肉下酒。
Deb haot qub dlat mul diok Dlab Niul,	假如索交给莎扭，
Qub dot laol diok Xab Ghaol,	斧交给阿稿，

① 阵养：地名，今榕江县平永镇。

Bend mab dot niux qangb bol,	稿就没话说，
Nees bend mab bent liux ib neil,	啥事都没有，
Qub dlat nof mul diok Yeeb Ghongl,	索交给阿拱，
Veel dot mul diok Dlab Niul,	斧交给莎扭，
Ghaol ghos dliat dliak niangb leel.	稿两手空空。
Deix Yeeb nof yenl ghenl,	阿拱拉牛去，
Deix Dlab nof sal dlaol,	莎扭砍牛头，
Niul nok sangt bongx niongb dlangl dlangl.	杀牛噔噔响。
Ik mul ceit jenx dlob jeel,	肉分成四份，
Ob dab ghent niangk liux ib neil.	他俩挑不动。
Ghet Xeex pangb dlil dlil：	故写对稿说：
Vongk hveet mul gheib Ghaol laol,	你快去帮忙，
Ghaol ghent niangk jeel mul,	牛已经肢解，
Ghaol ghent jenk mul vangl.	挑一腿来家。
Ghaol Jenk laol pangb dlil：	阿稿回答说：
Nab neil jok nix mab gol wal,	杀牛不喊我，
Ik mob ceit jenx dlob jeel mul,	用到苦力活，
Vongk hveet gheib wal ghel,	才记得喊我，

Wal at deek laol ghel,	我凭什么去，
Wal at deeb niak mox ghent jenk mul dinl ?	挑牛肉回家？
At neik nix eb zeil,	阿蓉做牛瘪[①]，
Gheek ngeef saix tiongb denl.	分给大家吃。
Yongl xut dax pangb dlil：	阿蓉问阿稿：
Mox niangb yenk max niangb Ghaol?	是否带有烟，
Niangb yenk mox bab lenl,	讨香烟一片，
Bab diot Deix Dlab ngangl.	散给客人抽。
Ghaol Jenk dax pangb dlil,	阿稿回答说，
Wal yenk sox niangb denl,	我烟虽然有，
Wal ghent nangx ghab dol,	但天天挑柴，
Sef niangk wal yent leex eb jul.	汗水已湿透。
Niux yongb diangb vod dill dill,	蓉又问阿拱，
Mox niangb yent max niangb Ghongl?	是否带有烟，
Niangb yent mox bab lenl,	暂时分一片，
Bab xut diongx bab wal,	散给客人抽，

① 牛瘪：菜名，用牛的胃液跟牛肉、内脏等做成的苗族特色菜。

Meib diot Deix Dlab ngangl.	好接待莎扭。
Ghongl xut dax pangb dlil:	阿拱回答说：
Wal yent sox niangb denl,	我烟虽然有，
Wal yent jax qub yul,	但烟有草药，
Yens hek mob bend lex hveeb zeil,	你若是碰上，
Gok xut jax Yeeb Ghongl.	就爱上阿拱。
Khab ghaol diangd jik xut dax pob wongl.	稿一肚子气。
Deix Yeeb vod dlil dlil:	拱问阿稿说：
Mob bieet ghas deek Ghaol?	今夜哪里睡？
Ghaol laot dax pangb dlil,	阿稿回答说，
Wal ghent nangx ghab dol,	我常住这里，
Wal nok benb bieet diux ghaib niul,	一直住蓉家，
Mob longt dax henb dlial,	你是过路客，
Mob nof mul bieet diux fenb vangl.	自己想办法。
Ghongl nof xak diot diux fenb vangl,	阿拱离开去，
Ghongl nof lieet meix eb zeil,	找人喝闷酒，
Dangl mangt Deix Yeeb laol,	半夜才归来，

Laol jeet diux ghaib niul,	到蓉家打探，
Max bub Ninb Yongl ghok	谁知蓉和稿，
Laol bieet xongx Khab Ghaol,	同宿一铺床，
Khab Ghaol bieet xongx Ninb Yongl.	共睡在一起。
Ghongl nos jif bongt dax caob dol,	拱非常生气，
Langk niut dax lenb Ghaol,	拿火烧阿稿，
Ghaol nos dlok seet nenx dlongb laol,	阿稿拔战刀，
Ob dab nof meib dend bul jit neik,	两人便开打，
Bab xend niul bas diak,	挥舞刀和枪，
Deif diot ghak jab dol.	鲜血掉下地。

Dieeb zat ghak jab dol,	打到火坑边，
Deif diot ghak genb jul,	打到厨房上，
Dieeb zat ghak genb jul,	打乱成一团，
Jeet lox daib laol bail,	打到楼上来。
Deix Yeeb ghob jeef dlil dlil,	阿拱抵不住，
Ghet Xeex niangb dal lol,	阿拱来求助，
Wok Eb mox niangb dal lol,	求故写帮忙，
Mox pangb geex dees laol wieel,	事发在你家，
Diees nod Ghangk sal wal,	阿稿追杀我，

Wal max liub not yak Ghaol bail.	不帮我就死。

Ghet Xeex ghab ngangl dil,	故写慢性子，
Wok Eb ghob vod dlil dlil,	卧欧走在前，
Menb khob mul zangb dlangt bangb mangd niul,	劝说别打架，
Khob diangl jib tait saib bod yeel,	惊动到亲戚，
Daol yif xangk nod deel,	伤害到朋友，
Nees gof nees genb ghol,	若追根寻底，
Nees bongs nees ghaib laol,	刨根问底来，
Nof dios Niul eb Niul nail,	只有莎扭亲，
Dios Niul qub Niul dol,	莎扭才合法，
Xongd nek jub laol niul,	亲像画眉鸟，
Bub feil Niux Yongb nof bend neek Niul mul,	阿蓉只能嫁给他，
Neek Niul xak Vangl Yal,	跟莎扭结婚，
Jeet Dlongs Liok mul bail.	嫁到松略[①]去。
Niux Yongb ghob max niak dal Ghongl,	蓉不嫁跟拱，
Niux Yongb ghob max niak dal Ghaol.	也不嫁跟稿。

① 松略：地名。

Deix Khab jeef dlil dlil,	阿稿心碎了，
Bub mob nieel eb daob jenb jad nail,	早知道如此，
Bub bangk hvangb dlab jenb gud diul,	蓉父母反对，
Wal hangd hob laol nees leix menb nind dol,	我也不卖力，
Mangk zot ghaib vud laol,	现在慢慢想，
Baib ghot khob jul mox gheb ab xid neil.	真是净倒霉。

六、争抢阿蓉（Jit lof niux yongf）

散客的时候，人们都得了一大挑牛肉，阿稿却只得到了一个剩下的牛肺。阿稿气得丢给狗，狗你争我抢地吃掉了牛肺。阿稿伤心地回到阿蓉家，阿蓉又来哄骗他说，只要他把路修到榕江，自己就嫁给他。阿稿信以为真，回家请人修路。路修到榕江，遇见两个乞丐，他们说阿蓉已经嫁人，跟表哥莎扭结了"还娘头"亲。阿稿听到消息晕倒过去。请来修路的人纷纷去他家索要工钱，只有几个陪同他在后面。阿稿母亲听到这个消息，恨不得把阿稿杀了，她叫阿稿回家好好种田，从事正业再起家。阿稿虽答应了，但是根本无心种田，他跟母亲说自己从小没有种过田，不会做农活，只有拿钱去经商，让钱挣钱，才容易起家。阿稿母亲也知道自己儿子不是种田的料，只好拿银子给他经商。阿稿得到银子后，走村串寨做买卖。来到阿蓉出嫁的地方，看见阿蓉的女儿长得很像小时候的阿蓉，就拿糖来哄逗她，打听阿蓉的下落。当得知孩子是阿蓉的女儿后，他故意把孩子逗哭。阿蓉听到女儿的哭声，从家里跑出来看，发现了阿稿。阿蓉把阿稿带回家，并交代说如果遇到莎扭，就说是她的远房兄弟。当莎扭回来看到“舅老”来了，很是热情，杀鸡鸭招待他。在喝酒的时候，阿稿假装说自己不会喝酒，酒量不行，大部分酒都被莎扭一个人喝了，莎扭醉倒在地。半夜，阿蓉起来准备早饭，发现阿稿也在，两人旧情复燃，惊动了寨人和莎扭，全寨围着阿稿大打出手，幸亏阿稿跑得快，才免于一死。回到家之后，阿稿越想越生气，他花重金贿赂官府，状告莎扭，让莎扭输掉了这场官司。经过婚姻挫折，阿蓉母亲意识到“还娘头”害了自己的女儿。官司结束，她让女儿自主选择去处，阿蓉根据意愿嫁给了她日思夜想的阿拱。

Langt fenx nab dangl mul,	散客的时候，
Bieeb nib dlod yangl yangl,	拿一挑牛腿，
Niangb job deed benl ninl,	尾巴拖地下，
Ghok qangb diot Niul mul.	送到莎扭肩。
Wok Eb songt Niul mul,	卧欧送侄子，
Ghet Xeeb songt Niul mul,	故写跟其后，
Songt Niul xak dangl gongl,	发一挑牛肉，
Jeet jox liub mul bail.	送莎扭回家。

Senb niub dlod yangl yangl,	千百样整齐，
Senb niub diot Ghongl jeel,	为阿拱准备，

Niux Yongb ghob songt Ghongl mul,	阿蓉亲自送，
Wak Ghaol diangd niangb ib pieet leel mongl.	稿一无所有。
Niux ghob songt Ghongl mul,	蓉送阿拱去，
Songt Ghongl xak dangl vangl,	送出寨子头，
Diot lok jus mul bail,	来到了河边，
Niux Yongb diangd jeef dlil dlil:	阿蓉把话说：
Bub fenx menb diangd laol ngol,	过一段时间，
Mob mul songt ngok dax ob diangd sal nail.	我们来相会。

Ghaol ghos jub sait jak mul denl,	阿稿恰听到，
Khab ghob bongt jif denl denl,	怒火心中烧，
Khab ghob bongt jif dlial dlial,	气也没有用，

Xangx neb not jeek mul Yongl,	谁叫自己笨，
Deb bub mob nid yal,	早知蓉变心，
Bub mob nieel eb daob jenb jad nail,	水深摸不清，
Yeek mul hveeb dlab jenb gud diul.	心深猜不透。
Nix eb ghob diangd bol,	稿灰心回家，
Deix Khab ghob diangd vangl.	回到老家去。

Deix khab vod dill dill:	稿对阿蓉说：
Taik wal gub geed laol.	还我的礼物。
Ghenb vangl meis naik geed bail,	哄我来帮你，
Wal nias yeek ghent nangx ghab dol,	挑柴又挑草，
Ghaib laol dlial dliongs dliongk diot Zenx Linb Ghol,	抬担一挑挑，
Jul lab vangl Ghas Liangk,	整个榕江人，
Sal haot max xenb nenl.	都说稿呆傻。
Deix Khab diangd mul vangl,	阿稿想回家，
Ghet Xeex pangb dlil dlil,	故写来挽留，
Wok Eb pangb dlil dlil,	卧欧也来拉，
Ghaol ghos at enb vux meil,	稿骑在马背，
Meil qut lob dial diol,	马飞奔往前，
Yul yent fenb Zenx Ghol.	跑在大街上。
Ninb Yongl ghok qut hvangb gix ghel,	蓉来安慰稿，
Gangf Ghaol dliangk niangx daol.	拉阿稿裤脚。
Deix Khab diangb jeef kad lial,	稿又舍不得，
Mox khob gangf baib niangx daol,	妹别拉裤脚，
Qak dlieet zenb nenx niul.	裤子会撕破。

Gangf Ghaol dliangk dlongb denl,	又拉稿刀鞘，
Mox khob gangf wal dlongb denl,	别拿我刀鞘，
Qak wal vok seet bend liangl menb bail,	刀会割妹手。
Gangf Ghaol dlink bongb meil,	阿蓉拉马索，
Khob gangf baib bongx meil,	别拉我马索，
Lif zok at menb yox gheil,	马跑妹受惊，
Los mox genb dliox liol,	惊慌落了魂，
Das leif menx hangb jax meil.	丢魂召不回。

Ghet Xeex niangb dal lol,	故写老人家，
Ghet Xeex pangb dlil dlil,	他来把话说，
Mul mongt ghak diux dinl,	在那肉堆里，
Niangb jus dleef neek bongl liongl,	还剩个牛肺，
Qub dias diok Ghaol bail,	送给阿稿哥，
Ghaol dek keeb bail ninl.	稿提沉甸甸。
Ghaol Jenk laol pangb dlil,	阿稿把话说，
At dax dlinb diangd niangl,	实在很生气，
Bongt niangx gangb hvud liul,	火往心中烧，
Wak diot bab dlaid ngangl,	丢给流浪狗，
Haok mul jit lof saib vangl.	狗你争我夺。

Ghaol ghos at enb vux meil,	稿骑上马背，
Meil qut lob diax diol,	马早有准备，
Yul yent fenb Zenx Ghol.	奔跑快如飞。
Ghaol Jenk diangd pangb kad lial,	稿讨价还价，
Mob tit wal gheb lend dol,	还我活路钱，
Mangk diot ghaib vud laol,	哄我去山坡，
Mob tit wal gheb laod ghel,	割草一挑挑，
Guf sat niangb hed bail,	砍柴一担担，
Guf sat yak nix ghenl.	喂你家牯牛。

Ninb Yongl ghos diangd dax pangb kad lial:	阿蓉回答说：
Sal dab liub beid lol,	都是大人心，
Menb sal nes dees hed veel,	都是成熟鸟，
Jeef deix hvub neid laol,	你也好意思，
Jeef at ib xid Ghaol,	数落这些事，
Wal Ninb Yongl wal xongk xat feil caob dol,	每次我生火，
Mox Khab Ghaol ghos xongs xat feil liangb bail,	每次把我摸，
Mox weit gut wal gangb liul,	触摸我胸口，
Ob sot wal deeb daol,	弄脏我裙裤，
Mob laol tit wal gheb saot daol,	你来赔我洗裤钱，

Wal ghos tit mox gheb ghent dol,	我就赔你割草活，
Mob laol qut wal hvangb feil.	抚慰我伤痛。
Khab nof diut ghak leel leel,	阿稿哈哈笑，
Ghaol es bongk mab xul,	自认输了理。
Niux Yongb diangd jeef kad lial:	阿蓉把话说：
Laol wal xenk mob wieel,	好话告诉哥，
Sal dab liub beid lol,	都是大人心，
Sal nes dees hed veel,	都是成熟鸟，
Mox hob mul deib deib ghongd ngangl,	不要计较吃，
At jas laol eb niub daid lial,	嘴馋口水滴，
Deib at deek Deix Ghaol ?	争吃没出息，
Haot mox liab jeel jenk nix ghenl,	你若想牛腿，
Bub feil wal ghos qangb jeel diok mox mul,	我给你牛腿，
Haot mox liab Bieel Yeek xongb Ghaol,	你若想阿蓉，
Pieeb Yongl ghos neek mob mul.	阿蓉嫁随哥。
Eed Khab Ghaol nok fenb dliul,	稿恍然大悟，
Ghaol nos diangd los bangk dab deel,	快走下马来，

Wal max meib jeel jenk nib ghenl,	牛腿我不要，
Wal bend meib Bieel Yeek xongb wal.	我只要阿蓉。
Niux Genb jeef kad lial:	阿蓉把话说：
Mob haot meib Bieel Yeek xongb Ghaol,	你若想阿妹，
Bub feil wal niak mob mul,	明天妹就走，
Deix Khab menb diangd mul vangl,	但哥先回家，
Deix Khab mox mal deel,	买好田和地，
Lis liangx liub dangl wal;	准备等我来；
Deix Khab mox mal xil,	还买好河段，
Mox lis jox Xongb Wul Yul,	买那凶午幽[①]，
Faik Bongx Khenb dangl wal;	买蚌坑[②]等我；
Deix Khab mox mal dol,	再买好山林，
Mob mul lik jox Qub Bail Gangl,	买那秋摆干[③]，
Dangl zot mieek Yongl laol.	买好妹再嫁。
Deix Khab vod dlil dlil:	阿稿回答说：

① 凶午幽：河段名。

② 蚌坑：是河段名。

③ 秋摆干：山林名。

Mieef deix Qub Bail Gangl,	提那秋摆干，
Qub eed nof Khab Ghaol dol;	那本是哥山；
Jeef liangx lieeb Deel Yongl,	说德涌[①]田坝，
Lab deel eed Khab Ghaol deel;	那本是哥田；
Mob jeef jox Xongb Wul Yul,	凶午幽河段，
Fais Bongx Khenb deel nail,	蚌坑打渔滩，
Lab xil eed Khab Ghaol xil,	那本是哥河，
Mox eb niul deek ghend nail,	妹犯不着愁，
Mox hvangb mul jul deek Dod Yongl？	操心做哪样？
Niux Yongb diangd jeef kad lial:	阿蓉回答说：
Dliab yul at diangk genb yongx yul,	纠纷择羊马，[②]
Ob wal saok kheet nab nix nenl,	结婚选鼠牛，
Mangt mok menb dax deel,	兔日来接妹。
Mox mul kheeb lab ongd nail benl,	哥先去准备，
Bal lab jod yangl dangl,	烤好糯米酒，
Dangl bub feil nab dlaid Yongl laol,	狗天来娶妹，
Dink diot nab dlaid linl linl,	婚期在狗天，

① 德涌：田坝名。

② 断案择羊马：立案、断案选择羊日和马日。

Dins diot nab dlaid Yongl laol.	狗天妹嫁哥。
Wal hvat jox ghob menl mens xid bul,	一条路漫长，
Liub bul ngongs geed bal,	多荆棘草莽，
Ghob wal Yees od yul,	阿稿开好路，
Xeeb bal Yees od mongl.	好把阿蓉接。
Deix Khab haot hol hol,	阿稿说是是，
Ghaol Ghangk laol pangb dlil:	阿稿来说道：
Jeek xat Khab dongl niul,	过去我跳舞，
Meil bub geed dongl niul,	马知道回家，
Meil bub mul dongl niul,	大步朝前走，
Meil ghos yenb yeef mul nenl.	直奔向前方。
Deix Khab diangd laol vangl,	这次我回家，
Bangs ghos max daib laol vangl,	马怎么不走，
Xas dangl nab mab wieex bail,	在路中徘徊，
Saos Bail Qub ib liux neil ?	何时到摆秋？

Nix eb diangd dangl bol,	人们都散去，
Deix khab diangd laol vangl,	阿稿也回家，
Laol saos ghaol ninb dinl,	来到家里等，
Meis dif gil eb liol.	盼狗天到来。

Ghaol meis dax pangb kad lial:	稿母亲问他：
Dliab laol dliab ghob dot ik nix niul,	人们去吃鼓，
Diot dliab meik nex leel,	都拿肉回来，
Mob laol mob ghob mab dot ik nix niul ?	你怎么没有？
Ghaol Jenk laol pangb dlil:	阿稿回答说：
Mob kheik mieef ik nix niul,	我要肉做啥，
Ik hangt ab liux neil,	肉有什么好，
Ik mob ghot hangt xik ghax diongl,	牛肉腥气浓，
Ik laix nab not laol,	再说许多天，
Ik mul hangt xik diax diongl.	肉已经发臭。
Kheik niaf mox mul kheib deel,	饿就煮饭吃，
Kheik ik mox mul dieeb ghol,	馋就杀鸡鸭，
Dat aok geef genb jul,	拿到厨房去，
Dat aok diot menb ngangl.	炖熟吃个饱。

Ghaol Jenk diangd dax pangb kad lial:	阿稿接着说：
Xenk leix menb neid wieel,	让我告诉您，
Nab nongl wal ghos jil veeb niob ongd liul,	昨天我和蓉，
Songl hvub niob mieed niul,	约定把婚结，
Dal ghos hek yangb jenx dol,	香烟已点火，

Yos ghos khangk hvub dix ninl,	誓言已经定，
Def jenx mongb yangl yangl,	豆茎细又长，
Def niax daib genl genl,	豆茎缠绕树，
Yongs jox hvangb lol Ghaol,	蓉心细又高，
Lol Ghangk diot Dangx Qub vangl nenl,	决定嫁阿稿，
Bub feil ob mul kheib lab ongd nail benl,	明天开田鱼，
Bal lab jod yangl dangl,	烤酒筹备等，
Bub feil nab dlaid Yongl laol.	狗天娶回家。
Ghaol meik laol pangb dlil:	稿母亲回答：
Khangk nab dlaid Yongl laol,	狗天娶阿蓉，
Wal hvad lab gongl nink at dangb xid bul,	山路深又长，
Liub bul ngongk geed bal.	多荆棘草莽。
Ghaol nof gheib xongs juf dab khaid diul,	蓉吩咐开路，
Xongs juf dab gud nenl,	一百二十里，
Bieet ob juf lax gongl,	七十人开挖，
Kheib jox nink gud diul,	开挖到五果，
Lab vangl Zeid Gheik geed nenl,	醉革[①]的下边，

① 醉革：地名，位于今榕江县城西北方向不远处。

Meif jox nink fend dinl.	要挖条大路。
Ghaol xongs nab ted gongl,	稿天天开路，
Dal xongk dinb sod yeel,	坏七把锄头，
Meif nink deeb Ongd Ghol.	才到五果边。
Wangk Zenx Linb geed nenl,	阿稿到路头，
Jak gangx dab ghongd linl,	遇见两乞丐，
Niaf lieet senb diux diul,	万家乞讨来，
Jeet diux mub kad linl.	千户讨饭到。
Ob dab jeef kad lial,	乞丐问阿稿，
Deb xib mob ted gongl,	你天天开路，
Mob mul meif nink at ab xid Ghaol?	究竟为了谁？
Deix Khab vod dlil dlil:	阿稿回答说：
Def jenx mongb yangl yangl,	豆茎细又长，
Def niax daib genl genl,	豆茎缠绕树，
Leix baib nof ted gongl,	蓉说嫁阿稿，
Kheib jox nins Ongd Ghol,	我才来开路，
Kheib jox nins fend dinl.	开条大路连榕江。

Niangb gangx dab ghongd linl,	那两个乞丐，
Ob dab vod dlil dlil,	笑着把话说，
Dleib wal Khab Ghaol xongk nab ted gongl,	阿蓉欺哄你，
Ninb Yongl ghos xongk nab geed mongl,	她穿好嫁妆，
Nab ab dait neil nongl,	就在两天前，
Senb bub dait neil feil,	蓉已嫁莎扭，
Niux Yongb ghos xak Vangl Yal,	嫁到养哑去，
Diot Dlongs Liok mul bail,	跟表哥成亲，
Lis qub dlob mal mangl,	白毛巾遮面，
Deis eb xib gol xol,	边走边擦泪。[①]
Ghaot jox fenb Vangl Yal,	蓉嫁到养哑，
Niak Deix Dlab lol nenl,	跟表哥成亲，
Gongl ghos xas juk mul denl.	你不必费心。

Ghaol ghos dax pangb dlil dlil:	阿稿回答说：
Deb xib mob ed lel,	不要说谎话，
Mob dlef baib ab xib ghongd linl ?	说我也不信。

① 边走边擦泪：苗族哭嫁习俗。一种说法是喻先悲后喜；另一种说法是女儿与父母和兄弟的感情深厚，面对离别，伤感难耐，抑制不住而哭。

Niangb gangx dab ghongd linl,	那对讨饭娃，
Dal haot nax dleib dal,	你说话我答，
Yos haot mox dleib wal,	认为是谎话，
Ghaol nos bend mab niut liux ib neil.	还不放心上。
Ob dab diangb vod dlil dlil,	他俩接着说，
Fiees mas mongt diongx khenb hvad wieel,	看我们讨罐，
Ik vut baib nex mul,	瘦肉已经吃，
Yangf neik niangb diongx lol,	剩几块肥肉，
Ik diangs niangb mox denl.	还在罐里头。
Veel mas mongt diongx khenb hvad wieel,	阿稿看讨罐，
Hangt diongx khenb diad diul,	一股臭馊味，
Deix Khab nof los zees feil zangl,	才恍然大悟，
Ghaol nius nik mal nial,	捶胸又顿足，
Bieet daib denk dliangd gheil,	晕倒在地下，
Miees haob laol net dak xid denl.	死才解了恨。
Baib mul gheib vongx wenl sangl,	我去请龙王，
Wax yongk haob bail lol,	再去叫雷公，
Gol vongx eb laol sal,	请龙王来收，
Yongk deix haob laol sal,	叫雷公来劈，
Net leix baib niox wieel.	劈死解情恨。

Venx dliab ghob feif wul liul,	开路的人纷纷回，
Feif wus liuk laol vangl,	来到阿稿家，
Dal dlak ghob mul pieeb neix gil,	富人去开箱，
Bok longs meib xangx liangl;	开箱找银元；
Yok xat pieeb neix nongl,	穷人去开仓，
Bos denk mul meib naix yeel.	开仓找谷米。
Niangb xongs yok dangl Ghaol,	只有七个人，
Xib Ghaol Jenk genl genl,	陪阿稿在后，
Xib ghaol Jenk laol vangl.	送阿稿回家。

Ghaol meik laol pangb dlil:	母亲问他们：
Ab deek Ghaol mab bail laol?	为啥稿没来？
Venx dliab jeef kad lial:	人们回答说：
Ghaol ghos jeet jox xongb wail nail,	稿一心娶蓉，
Yongl geex hvangb lol Niul,	阿蓉变了心，
Ghaot Deix Dlab Vangl Yal,	嫁表哥莎扭，
Ghaol bieet daib denk dliangd gheil,	阿稿知消息，
Bub Ghaol ghos liangk xid feil,	晕倒在地下，
Bub Ghaol ghos xak xid dail.	像死人一般。

Ghaol meik laol pob wongl,	母亲大发怒，
Dek det diux diongb dangl.	提棒门中等。
Dangl mangt Deix Khab laol,	半夜阿稿回，
Fieek det dax dieeb Ghaol,	母亲打一棒，
Wal juk det meib mox sal,	一棒将你打，
Juk seet meib mox liangl,	一刀将你砍，
Mox neek Yongf lox ghaib bal,	为蓉掏家产，
Mox mal bak lieex liub jul,	卖父母田地，
Diongb deel mol ghos lik liangx lol,	卖完大坝田，
Genb bail mol ghol lik ghaox neel,	卖完古杉树，
Jangb ghos sal laol niak gangx diul,	水路卖河滩，
Diongb xil mol ghos lik bongx wul,	山路卖林木，
Mob mul dak niox Ghaol,	死去都了了，
At deeb mob max mul dlab Pieet Naok Dangx Niol,	为何不去娶片闹，
Mob mul ghaot Yeek Zenx Ghol,	单迷恋阿蓉，
Mob haot mul lol vangt dlak dix dinl,	蓉是富家女，
Dab neil dangt dlak wangx diul,	舅家有表哥，
Dab mol Dit Yenk max dail.	莎扭不松手。

Not mob diangd mul deib diot Yof Zenx Diongl,	现在后悔去追窈[①]，
Ninb Yongl mul ghaot Fais Dangx Niol,	谁知窈已嫁给槐，
Neix dab niul vongt jas nix ghenl,	儿子都长大，
Gongb dlial at jos jox gongl;	玩耍跑满寨；
Mob diangb haot mul deib diot Naos Dangx Niol,	又想娶片闹，
Mub ghob mul ghaot Yens Venx Jil,	片闹也嫁人，
Lab vangl Dlot Vos sangx bail,	跟营结了婚，
Dab niul vot jas nix ghenl,	儿子也长大，
Gongb dlial at jos jox gongl;	玩耍跑满寨；
Mox khab nof benb at yos ngax ngol,	只有稿单身，
Mob max bub dol ghat dees bieex bail,	人无依无靠，
Max bub dlenl ghat dees niux niul.	何时成个家。

Fenb deel laol jeek diangx wangl,	人们来解劝，
Fenb deel laol dliok Deix Ghaol,	叫阿稿一边，
Dliab sal jeek diangx wangl:	大家来说道：
Jus neik dal dab niul,	你就个独苗，
Haot juk seet meib neix liangl,	真要把他打，

① 窈：人名。

Juk det meib neix sal,	一棒打死他，
Laol das mox dab niul,	你就没孩子，
Meis ghot mab vut vangx ib neil.	脸也不光彩。
Neix mal neik liangx diongb deel,	田卖一部分，
Wul juk niangb jux lab wul,	还剩七个坝，
Xongs denf liangx liub nenl,	九大坝良田，
Saos Dliof Vox ghenb vangl.	田多种不完。
Ghaol meis nof dliox seb laol,	母亲放下刀，
Mas yeef niox bongb bail.	心渐渐平和，
Ghaol meis dax pangb dlil:	母对阿稿说：
Vongk hveet menb mul beid jil,	跟我去种田，
Saos nes nof nangd ngangl,	劳动才有吃，
Mox hob mul lend yul,	别只顾花钱，
Lens yenk ab xid neil.	追蓉没结果。
Deix Khab haot hol hol,	阿稿点点头，
Ghaol ghos mul xongs nab beid jil,	答应去干活，
Haot mul saos deix gheb meil,	如果人很多，
Gheb denf eed Deix Khab mul,	阿稿跟着去，

Mul saos deix gheb dal,	如果人很少，
Gheb yos ghot max deib mul.	阿稿也不走。
Deix Khab jeef kad lial:	稿对母亲说：
Leix baib mul beid jil,	娘叫我种田，
Saos nes nof nangd ngangl,	劳动才有吃，
Yut yangk wal ghot mab beid jil,	年小我没做，
Wal max xangk deix gheb beid jil,	长大不会做，
Gongl saos nek xid neil.	不会干农活。
Mox bab gheit leix baib feid gil,	娘给我些钱，
Saos fenk nof nangd liangl.	我要去经商，
Meis nof max xenb hed dangl,	钱找钱不累。
Meis dax pangb kad lial:	母亲把话说：
Dab nod dab lend yul,	稿从小贪玩，
Max dios dab beid jil,	从不做农活，
Gheb max jul khaid diul saok,	种田有帮工，
Qub max jul waid vangl zok,	洗衣有仆人，
Wal dab mox nof mul feid fenk,	你想去就去，
Mob feid gil laol yas meik.	把生意做好。

Eed Ghaol Jenk nof xob liangl,	阿稿要白银，
Bob gheit Ghaol henb gil,	四处去经商，
Ghaol nos peib od dlob nenl,	假装像商人，
Ghangk mul vod seed dab diul,	逢人说汉话，
Ghangk nof at deix linb diul,	手里摇铃铛，
Xub gut dax saib vangl.	叮当响满寨。
Niux Yongb mul daod ghaol,	阿蓉在舂米，
Dlangs fieek ghas genb jul,	舂米在家中，
Yongf vangt dax dieeb Yongl,	孩子在外面，
Nof deet dlenx diongb vangl.	在寨中玩耍。
Vangx xangb diangb yud zenl Yongl,	阿稿看见她，
Yud zenl Yeek Wul Ghol.	长得像阿蓉。
Ghaol Jenk laol pangb dlil,	阿稿来问她，
Wal bab lab tangf gud nenl,	拿糖来哄她，
Bab diot Yongl dab ngangl,	送给娃娃吃，
Nak Yongl dab hvad wieel,	探听个究竟，
Mox meik lab bait xix yil,	母亲叫啥名，
Mox bak lab bait xix yil?	父亲叫啥名？

Yongf vangt max xenb nenl,	孩儿不知情，
Yongf vangt dax pangb dlil,	随口把话答，
Wal meis ghos bait Ninb Yongl,	母亲叫阿蓉，
Bait Yongf Yeek faib daol,	早就把名扬，
Wal bak bait Dlab Niul,	父亲叫莎扭，
Dlab Dieet Yeek Ghaib Yal.	是阿蓉表哥。

Ghaol Jenk laol pangb dlil:	稿自言自语：
Deb haot mox meik lol wal,	当初蓉嫁我，
Vangt benb jenx ob wal yol,	娃是我的娃，
Mox meik mul lol Niul,	蓉去嫁莎扭，
Vangt xangb jenx dliab yul yol.	娃是扭的娃。

Dex neix dliub hed yeel,	稿为见到蓉，
Dab ghos hais lik bad vangl,	有意逗娃哭，
Ninb Yongl ghos gol dliox saib ninl jul,	蓉听到哭声，
Dliof venx wenb dial ghaol,	心中吓一跳，
Dal deek dax dieeb wal liol?	谁打我的娃？
Baib vangt ghob haik lik bad vangl.	满寨哭哇哇。
Ninb Yongl ghos dax buf Ed Ghaol,	蓉来看见稿，

Khab Ghaol dax buf Dod Yongl.	稿也见阿蓉。
Max bub Ghaol nof peib od lob nenl,	可是穿汉装，
Ghangk nof vob seed dab diul.	见人说汉话。
Yongl Yeek dax pangb dlil:	阿蓉打听说：
Jof ghaot niangb Liangx Xiangl,	两响[①]曾相爱，
At deeb mob lif diut wangb deex daol,	现在变了样，
Mob diol mal diok Ed Ghaol?	是否是阿稿？
Ghaol Jenk dax pangb kad lial:	阿稿回答说：
Xib deex diok Ed Ghaol,	在下是阿稿，
Diok Ghaol Jenk nod denl,	故友就在这，
Wok vut mox mul pongb ghel,	好菜你先吃，
Juk vut mox mul ghongb lol.	好人你先嫁。
Wal ninb ghob lol mak deb zel,	母亲年纪大，
Nik nenb dangf xid bieel,	纺纱粗像索，
Meis lol sok neb ghaol,	人老牙齿落，
Daos daok dangf diad xol,	织布像晒席，

① 两响：地名，在今榕江县城东南面。

Jok xut baib nof nenl bongl, 无奈穿汉装，
Baib nof nenl bangk haot dal diul. 装束像汉人。

Ghaol Jenk diangd dax pangb kad lial: 阿稿问阿蓉：
Jof ghaot niangb Liangx Xiangl, 过去曾相爱，
At deeb mox lif diux wangb deed daol, 今天变了样，
Dios mas diok Dod Yongl? 是不是阿蓉？

Yongl Yeek diangd dax pangb kad lial: 阿蓉回答说：
Wal xenk diot menb Deix Ghaol, 让我告诉你，
Jus ghos benb ghaot niangb Liangx Xiangl, 不嫁已经嫁，
Nius jeek Niux Genb beid niul, 过去没单身，
Saos das eed wal dliub mieex leel, 年轻时漂亮，
Xis mak sal link naox seil. 蓉眉清目秀。
Dieek nod wal Niux Genb ed senl, 现在年纪长，
Sal juk wal dliub mieex zeel, 两耳鬓毛衰，
Xis mas dak xax vul, 发蓬乱不梳，
Max xangk baib Dod Yongl. 你才不认识。

Deix Khab haot hol hol, 阿稿说是是，

Xib dangx diok neid denl.	人老都会变。
Deix Khab jeef kad lial,	阿稿接着说，
At wax daib dil vol,	天将黑下来，
Nes jub jit gol geel,	画眉相呼应，
Nes xif des dlenl niul,	黄鸟去找窝，
Baib nof max bub dol ghas deek bieex bail,	阿哥不知道，
Max bub dlenl ghas deek niux niul.	去谁家借宿。
Ninb Yongl ghok vod dlil:	阿蓉回答说：
At deeb mob max bub dol ghas deek bieex bail,	你不用着急，
Mob max bub dlenl ghas deek niux niul,	住进谁的家，
Mob khob jul vuk Deix Ghaol.	今晚住我家。
Dangl mangt Deix Dlab laol,	如果莎扭来，
Dlab Niul ghot max xenb nenl,	莎扭人随和，
Mob khob gol bait dab mol,	不要称朋友，
Qak Dlab Niul tait ob wal,	莎扭不高兴，
Ob gol bait dab neil,	我俩称兄妹，
Bait neil yos faib daol.	远房郎舅来。
Dangl mangt Deix Dlab laol,	莎扭来到家，
Wak zot niox genb diul,	放柴在屋边，

Dlab Niul ghok jeet diux liub laol,	莎扭进门来，
Pieel Yongk dax pangb kad lial,	阿蓉介绍说，
Dal nod dal dab neil fol,	这是我兄弟，
Vangt Jox Dieeb Wul Ghol.	名字叫角叠。
Wax senb ninb jod yangl,	莎扭办盛宴，
Hek ngeex gheeb leed jil,	杀鸡鸭招待，
Jeef mul ab nod laol,	举杯邀远客，
Lif mul diub mangd denl.	一盅又一盅。
Ghaol Jenk laol pangb kad lial,	阿稿装醉酒，
Wal niub max nangl yangl,	谎称不会喝，
Wal max hes beik ab xid denl Niul,	从来不喝酒，
Beik dangt sal dax Dlab Niul.	全倒给莎扭。
Wak diot Deix Dlab ngangl,	莎扭全喝下，
Dlab Niul ghos gok nit mul jib denl,	醉酒样龌龊，
Dlab Niul ghok mul bieet bangk dib dinl.	倒地不知觉。
Wak dal Khab Ghaol laol bieet ghak jab dol,	稿睡火塘边，
Buk niut dol lenb Ghaol,	火烟灰很大，
Ghaol ghos bangk niut dol bangb bongl.	全身灰蒙蒙，

Bieet max dlab diangd dinl,	阿稿睡不着，
Xangt max nongb diangd nol.	翻来覆去想。
Deix Dlab jeef kad lial:	莎扭问阿稿：
At deeb mob bieet max dlab diangd dinl,	为何睡不着，
Xangt max nongb diangd nol?	究竟在想谁？
Ghaol Jenk dax pangb kad lial:	阿稿回答说：
Mox niangb deix dab dlaid diol,	你家小狗多，
Not genb meib geed bal,	跳蚤咬身上，
Geek leix baib xid bal,	周身都发痒，
Bieeb laix baib max xul,	我才睡不着，
Wal nos bieet max dlab diangd dinl,	反复在翻身，
Xangt max nongb diangd nol,	没有别的事，
Gok nit mul Dlab Niul.	姑爷请放心。
Niul nol gok nit mul dlab nongl,	莎扭安心睡，
Niux Genb nof feil zangl,	蓉悄悄起来，
Feil bas diof mongl niongl,	到火塘炊饭，
Las ghas waif benl Ghaol,	来到稿身旁，
Pieeb gut laol liangb Ghaol,	依在稿身上，
Pieeb laot mul caob dol,	一边去吹火，
Pieeb gut laol liangb Ghaol.	一边靠阿稿。

Ghangk nof deet bail lob dil,	稿四脚朝天，
Nof wak det mul dieeb niul,	倒柴敲铜鼓，
Hek nof but dal saib vangl.	惊动全寨人。

Deix Dlab nof dinl zangl,	莎扭被惊醒，
Dinl nit ghak veel niul,	从床上爬起，
Laif lox saib genl linl,	顿足于地下，
Yongk gangx dab Vangl Yal,	集结年轻人，
Xongs juf dab Vangl Yal,	七十条硬汉，
Dek niangx dlob bail zenl,	钢刀握在手，
Bub mox nink wal niul,	你要偷我鼓，
Hees bub mox laok wal mol.	还要偷我妻。
Dek niangx dlob bail zenl,	一群年轻人，
Dees Ghangk diot Vangl Dangl,	打稿在养党[①]，
Diob Zeet Leek laol nenl.	追下者勒[②]来。
Ghaol ghos dieeb fat jux lab vongl,	稿跳翻九崖，
Ghaol ghos lok jux pab ngangl,	划破九道伤，
Ghaol nangk jux lab daol.	九件新衣服。

① 养党：古苗寨名。

② 者勒：地名。

Nios Ghangk mul pob hvangb wongl,	阿稿很生气，
Nios Ghangk laol zaid laol,	来到家思量，
Nios Ghangk laol nind liangl,	计划拿银子，
Mal liak mul ghod Yongl.	去把莎扭告。
Senx zeib ghob mul leek meil gil,	收买年轻人，
Lias yif bab meil lol,	收买老年人，
Saib wangx dlas genl genl,	再收买官府，
Dab wangx mas bangl yangl,	让官听稿话，
Dab wangx ghob nees Ghaol mul.	跟阿稿前去。
Zaik ghob mul langt Niul seeb vangl,	官到莎扭寨，
Dlab Niul haot mul qeeb dol,	莎扭砍柴忙，
Deb haot Dlab Niul mal nak gud diul,	莎扭若不问，
Ghot mab dot lab lil xangk xid neil,	谁也认不出，
Dlab Niul mul nak gud diul,	莎扭问官人，
Bub menb mul deek khaid diul?	官人哪里去？
Diul zaik dax pangb kad lial:	群官回答说：
Baib mul laok Jid Niul.	我们找莎扭。
Laok Niul ab xid neil?	找他有何事？

Dab wangb vod dlil dlil:	官人把话说：
Niul meis diok wal qub yul,	莎扭母亲是姑妈，
Bak diok wal dab neil,	父亲是我家舅爷，
Niul ghos diok wal dab mol.	莎扭就是我表哥。

Haot mob mul dek Jid Niul:	莎扭回答说：
Wal ghos diok Jid Niul,	你们真好运，
Diok Niul jeek nod denl.	我就是莎扭。

Eed dab diul nos lok sed diul,	官人拔战刀，
Kheeb Niul ghak geed gongl.	捉扭在路中。
Dlab Niul ghok vod dlil,	莎扭不明白，
Jut mieel deek mox kheeb leix wal?	为啥乱捉人？

Dab diul zaik vod dlil:	官人回答说：
Max bub jut mieel deek dax kheeb Jid Niul,	别问为什么，
Xib mul saok Ongd Ghol,	到榕江便知，
Menb nof bul meik max jul.	见到你爹娘。

Xib Niul mul saok Ongd Ghol,	拖扭到榕江，

Khab Ghaol ghos wieek job geed bail,	阿稿占上风，
Ninb Yongl wieek job geed deel,	阿蓉占下风，
Laol ob mul nak wangb kheet laol,	找官人评理，
Hvad ib dal deek mab dot lil,	看是谁的错，
Geet laol gos jub geet liangl.	再来下结论。
Jul ib wenl liak xangb diot diul,	稿花钱买官，
Ninb Yongl yeek ghot mab dot lil,	阿蓉无道理，
Khab Ghaol jenk neib vut lil.	阿稿获胜利。
Dab diul ghos nak Jid Niul:	法官审莎扭：
Niul ghos keeb gheil niangk liax linl,	扭惊慌失措，
Hvub ghob laol zek max jul,	话都说不出，
Diul ghos veel lob deet Deix Niul,	官拳打脚踢，
Diot diul haib pieet dax deel,	打逼招供词，
Max bub Niul liangk xid feil,	不知倒或立，
Bub Niul gok xid dail.	不知扭死活。
Dab diul diangl nak Dod Yongl:	官人审阿蓉：
Mox pangb lil xangk dax Yongl.	你将理说来。
Ninb Yongl ghos xenk gud diul,	阿蓉全知晓，
Mab dot lab lil xangk xid neil.	有理说不清。

Dab fab diangb vod dill dill,	法官追问她，
At deeb mox liub geed nenl,	当初你为何，
Lit mul diot juk weix wul ?	背叛嫁他人？
Niux Yongb jeef kad lial:	阿蓉把话说：
Wal liub ghot mab geex xil,	不是我变心，
Lit mab diot juk weix wul,	不是我背叛，
Neis wal ninb qiangd wal,	都因为父母，
Dliab yul mul xas juk bux ninb ghenl,	逼嫁还娘头，
Wal Genb Yongl mul xas juk bux yenb sail,	蓉嫁人还债，
Liangl bak diangk ninx mub nal.	还父旧冤情。

Dab fab diangd nak Deix Ghaol:	官人审阿稿：
Menb diangd jees wuk Dax Ghaol?	你也说来看？
Khab Ghaol laol diuk lax lel,	阿稿哈哈笑，
Mieek baib jeef wuk dax wieel,	我说你们听，
Ninb Yongl mox dleib wal ib wuf wail nail,	蓉哄我多次，
Leik dat Xongb Yind Liol,	打渔汹应略，
Xif Bongx Seeb geed nenl;	崩舍的下面；
Mob diangd dleib ib wuf geel fol,	再哄吃桦槁，

Hek naos diangd niangb Bail Mongl,	约在摆猛[1]山，
Guf Liangx Yongb dangl bail;	亮雍的上方；
Dleib ib wuf dongl niul,	还哄我跳舞，
Liuk diongx niangb Wul Ghol,	跳舞在榕江，
Wangk Zenx Linb dangl nenl.	阵林山寨下。
Yeek mox vongb dal Ghongl,	蓉去同阿拱，
Nees Deix Yeeb dongl niul,	亲密像夫妻，
Was Deix Khab Bail Dlaol,	冷落阿稿哥，
Ghangk Dangx Qub wul lieel;	无脸去见人；
Mob diangd dleib wal ib wuf ted gongl,	还哄我修路，
Kheeb jox nink Ongd Ghol,	路修到榕江，
Lab vangl Zeid Gheik dax nenl,	醉革下边寨，
Wal Ghaol xongk nab ted gongl,	我修七天路，
Dal xongk dinb sod yeel;	坏七把锄头；
Mob diangd dleib ib wuf sal ghenl,	还哄我杀牛，
Jok nix niangb Wul Ghol,	杀牛在榕江，
Mob kheet dlas nos dex heb jeel,	亲戚蓉赠送一腿，
Hvit deik dex dlenb mangl,	老庚蓉打发一脖，

① 摆猛：地名。

Niangt wal Ghaol Jenk niox niangb deel.	把我阿稿全来忘。
Dab diul ghok vod dlil:	官人接着审：
Niangb lil xangk max Ghaol?	冤情是否完？
Khab Ghaol ghok vod dlil:	阿稿接着说：
Niangb lil xangk niangb not leix denl,	怨恨还很多，
Sal deix mub mongl xiongl,	都是些琐事，
Mak niox ghob xid dengl,	不必再提它，
Xik niox ghob xid denl.	小事将化了。
Mob diangd dleib wal ib wuk ngangl ghaol,	蓉哄我留宿，
Niongk niat Genb Yongl dinl,	住在阿蓉家，
Nab nongl nol neek neix dab dlaid diol,	只是条小狗，
Lok det dieeb neix dinl,	弄柴棒敲鼓，
Neib haot wal Deix Khab qiangd Yongl.	蓉说我戏她。
Xongs juf dab Vangl Yal,	七十条硬汉，
Dek nenx dlob bail zenl,	钢刀握在手，
Deis Ghangk diot vongl liangl,	逼我跳悬崖，
Diob Zeet Leek laol nenl.	追到者勒来。
Ghaol nof dieeb fat jux lab diongl,	我跳九个崖，

Ghaol nos nangk jux lab daol,	撕破九条裤，
Ghaol lok jux pab ngangl,	划破九道伤，
Dieek nod wal at dangx mub ngangl.	全身都酸痛。
Dab diul zaik diangd pangb diot Deix Ghaol:	官人总结说：
Ib lenl bangk mul meib diot Deix Ghaol,	阿稿有道理，
Lenl niok mul meib diot Niux Yongl,	阿蓉纯无理，
Menb laof gaib yent dix ninl.	定案不准改。
Diul zaik mul pangb diot Niux Yongl:	官人警告说：
Haot mul ghenb mob diangb at leex leil,	蓉若再翻案，
Mob diangd zol dleib sait Deix Ghaol,	立案告阿稿，
Bub feil gos diangk dab langt Zenx Ghol,	状告到榕江，
Lab yenb sail wal wak diangb diot mox lil.	仍要蓉输理。
Niux Genb jeef kad lial:	阿蓉回答说：
Liangl hvangb liangl nid dil,	我心早已凉，
Liangl hvangb mul zaid mul,	为稿伤透心，
Dot denk wal ghot liangl hvangb dil,	真令人寒心，
Haot mok liangl hvangb nenl,	像猫恨老鼠，
Wal mab diot niuk dal Khab Ghaol,	决不提阿稿，

Dliab yul vangt dlak Bail Qub vangl.	摆秋寨子人。
Diul zaik diangd dax pangb kad lial:	法官接着审：
Lenl bangk diangd dax bab Deix Ghaol,	告诉阿稿说，
Mul ghenb menb diangb at leex leil,	以后不允许，
Mob diangd jenl pangb diot Niux Yongl,	设计害阿蓉，
Bub feil gos diangk dab langt Zenx Ghol,	状告到榕江，
Lab yenb sail jus niuk wal bend meib diot mox lil.	就要稿输理。
Khab Ghaol nok diangd dab vod dlil:	阿稿回答说：
Liangl hvangb liangl nid dil,	我伤心欲绝，
Baib ghot liangl hvangb mul zaid mul,	伤心回家去，
Liangl hvangb mul beid jil,	安心把田种，
Ob wal saos nek nof nangd ngangl,	只有种好田，
Baib mul vees lak nof pud zel.	才能有收获。
Dlial zeib dlinb geed gongl,	来到半路时，
Yongl hvangb diangd dab ced wul,	阿蓉又动摇，
Buf dliab yul nenk xix niangb diux vongl,	树上结李子，
Liok diot ob vax dail.	摘下送阿稿。

Ghaol Jenk dax pangb kad lial:	阿稿把话说：
Nias leix menb nex bul,	因为你骗情，
Dliab yul nenk liux ab xid neil?	还送做什么？
Dab diul zaik dax dieeb leix wal.	官人把我打。
Dlial zeib dlinb geed gongl,	再走一段路，
Ghaol diangd buf fab zeid ngongl.	见山上野果。
Bieel Yeek dax pangb kad lial,	阿蓉把话说，
Vob niangx langf dlaid gheil,	韭菜狗屎污，
Hvub wangx mieef hed lol,	官话官人说，
Ob mul meib wangx laif paid dol,	我俩焚状书，
Gil langf eb dlod nenl,	靛草清水泡，
Laol ob mul neb zeid ngongl,	撇官来评理，
Hek benx fab geed gongl.	无需外人评。
Deix Khab ghob max diangl hol,	阿稿不同意，
Deix Khab vod dlil dlil:	转换话题说：
Bub menb jul deek dod Yongl,	你花多少银？
Yongl Yeek dax pangb kad lial:	阿蓉回答说：
Wal yok jul sangb deid bail,	我卖完戒指，

Yok jul ghob ghongd geel,	还卖银项圈，
Yok jul dliub hed yal,	卖完我长发，
Yok jul deeb lieeb dlad liangl,	还卖长裙子，
Yees nof jenx jib diongd gol,	没有裙遮羞，
Diongs xix ghengb yud jul,	像无尾孔雀，
Ghob diangl bal mak leix baib nod mul.	丢人又现眼。
Bieel Yeek diangd dax pangb kad lial:	蓉问阿稿说：
Bub menb jul deek Ed Ghaol ?	你也花多少？
Ghaol Jenk dax daib Dod Yongl:	阿稿回答说：
Baib max jul deek Dod Yongl,	我不花很多，
Ghaib menx wal laol ded dol,	只卖点山林，
Xangb liangx wal laol lik jad nail,	还卖些河段，
Baib diangx nes nof bend lil.	家产仍然在。
Ninb Yongl Yees vod dlil:	阿蓉把话说：
Mox Khab Ghaol meik mob not xangx liangl,	亏你家底厚，
Jul sengb wul wens liak diangb diot Deix Ghaol,	千两万两银，
Mob nob mul xongb dal dlas pieet Zenx Ghol,	收买了官人，
Dab diu laol niak pieet deix Ghaol,	官人心向你，

Deb haot Khab Ghaol meik mab dot xangx liang,	假如没有银，
Eed mox ghaib dangl jus bend zox denl,	你也将破产，
Eb bend leel gas yent dax nenl.	钱落外人手。
Nees dal Dlab Niul meik mab dot xangx liangl,	莎扭家里穷，
Max xob liangl liak diot Deix Niul,	莎扭无银元，
Max mul bab diot dal Dlak Teet Zenx Ghol,	买不下官府，
Eed dab diul zaik deet Deix Niul,	莎扭被官踢，
Ninb niul zeek peet nix ghenl,	滚地像头牛，
Liangl max dieeb dal nias bangk diot liangx wul.	像牛滚泥塘。
Veel lob deet Deix Niul,	官脚踢莎扭，
Niul ghos gos diot diul hab tieet dax deel,	晕倒篱笆边，
Bub Niul liangk xit neix feil,	不知坐或站，
Bub Niul xak xit neix dail.	不知是死活。

Mul langt Yeek diux nial,	回到家以后，
Bieel Yeek ghot max eib aot Deix Ghaol,	蓉不理阿稿，
Ghaol Ghangk ghot max eib aot Niux Yongl,	稿也不理蓉，
Haot niul jeek bend dab tiut deix bail,	倘若是过去，
Xib Ghaol mul saok deix genb put diux nial,	会将手来牵，
Dieeb dal aok bab diot deix ngangl,	走进某角落，

Liangl hvangb diot Niux mul.	幸福享不完。
Dieeb wal Ninb Yongl ghos xongs heef dangx bail,	打蓉七巴掌，
Dieeb Khab Ghaol jus heef venx mangl.	打稿一巴掌。
Dieeb Ninb Yongl xongs heef venx mangl,	打在蓉脸上，
Pob mangl mas dangf venx niul,	红肿像铜鼓，
Dieeb Khab Ghaol jus heef dax bail,	打稿一巴掌，
Dab diul ghos nof geex dlial.	轻轻把手扬。
Yongl meik diangd laol pangb dlil:	蓉母亲说道：
Xenk diot dal Ninb Yongl,	实话告诉你，
Bub leix menb lol Ghaol,	到底选阿稿，
Mul Ghaol Ghangk Bail Dlaol,	嫁到摆韶去，
Hees bub leix menb lol Niul,	还是选莎扭，
Ghob Dieet Yenk Vangl Yal,	仍做莎扭妻，
Bub leix menb lol Ghongl,	或是嫁阿拱，
Ghaot Deix Yeeb Bail Neel,	嫁到摆呐去，
Nak Niux Genb hvad wieel ?	我问你一下？
Yongl Yeek diangd dax pangb kad lial:	阿蓉回答说：
Neid baib max lol Ghaol,	我不选阿稿，

Baib mul nees Deix Dlab haod liangl,	因阿稿富有，
Dot liak mul bab wangx diul,	才收买官府，
Diul zaik dax dieeb leix wal,	让官人打我，
At bal mak leix baib nod mul.	害我苦命多。
Yongl meik diangd dax pangb kad lial:	蓉母亲说道：
Neid menb ghob lol Niul,	劝你嫁莎扭，
Mul ghaob Dieet Yenk Vangl Yal,	好好去生活，
Jus dal dab dangl bail,	孩子还很小，
Vangt dax lob leel mongl.	无人照看呢。
Niux Yongb jeef kad lial:	阿蓉回答说：
Neid baib max lol Niul,	我不嫁莎扭，
At qak neil job xial,	他经常骂我，
Niul bak diangd laol job wal,	父母也一样，
Bal mak wal Genb Yongl,	我受尽折磨，
Dlab Niul wal ghos mab mait neix ib neil,	不再嫁莎扭，
Yongl ghos jox hvangb lol Ghongl,	心只有阿拱，
Ghaot Deix Yeeb Bail Neel.	要跟拱结婚。

Haot mul Ghongl ghob dot niok,	如果选阿拱，
Mul Ghongl mab dot dlak,	还可嫁帅哥，
Xeeb wal dab kheit xuk;	却担心挨饿；
Mul Niul ghob dot dlak,	嫁扭还娘头，
Mul Niul ghot mab dot nok.	但扭长得丑。
Bieel Yeek diangd dax pangb kad lial,	阿蓉暗暗想，
Haot mul Ghaol ghob dot dlak,	稿大富人家，
Mul Ghaol diangb fat liak,	银子堆如山，
Laol niangb liangl diot Yeek,	阿蓉随便拿，
Mul Ghaol ghot mab het liak,	银却不能吃，
Ghob max tiongb liangl diot niangk.	不吞银度日。

Eed mob at deek Niub Yongl?	到底选择谁？
Yongl Yeek dax pangb kad lial:	最后来说道：
Mul Niul ghot nangl guk,	嫁扭也吃饭，
Ghot sal nex ghaol nos nes niangk;	吃饭才养身；
Mul Ghaol ghot nangl guk,	嫁稿也吃饭，
Ghot nex ghaol nos nes niangk;	吃饭才养身；
Mul Ghongl ghot nangl guk,	嫁拱也吃饭，
Ghob nex ghaol nos nes niangk.	吃饭才养身。

Mul Niul ghot mab het liak,	嫁扭不吃银，
Ghot max tiongb liangl diot niangk;	不吞银度日；
Mul Ghaol ghot mab het liak,	嫁稿不吃银，
Ghot max tiongb liangl diot niangk;	不吞银度日；
Wal def jenx mongb yangl yangl,	豆茎细又长，
Wal def niax daib genl genl,	茎将树缠绕，
Wal Yongk benb jox hveeb lol Ghongl,	阿蓉心很乱，
Xak Deix Yeeb Bail Neel.	只想嫁阿拱。

七、终成眷属（Xongs juf lol ghaol）

得知阿蓉选择嫁阿拱后，阿蓉母亲委托两名生意人向阿拱报信，叫他前来娶阿蓉。阿拱得知阿蓉要嫁给自己，于是来到榕江，把阿蓉带走。阿蓉来到阿拱家，见阿拱的屋子破烂不堪，但她并不嫌弃，她想，只要能够跟阿拱在一起，再苦再累也无所谓。可是好景不长，莎扭知道阿蓉嫁给阿拱后，上告官府说阿拱抢了他的媳妇，要还舅爷礼。阿拱一贫如洗，为了得钱给莎扭，他去放木排卖，谁知途中遇上洪水，所有木排都打了水漂，还差点丢了性命。无奈，他只好去编草鞋卖，七年得的钱，才够买得一头牛和一只狗。阿蓉在家等，天天不见阿拱回来，还听传言说阿拱已经被洪水淹死了。没有阿拱在身边，阿蓉的日子更加难过，她卖完身上值钱的物品，还给人家缝补衣服，维持生活。

寨上妇女看她整天缝补衣服可怜，带她出去找蕨菜。阿蓉来到山上，看见阿稿的山林和田地，阿蓉动了心，后悔当初没选择阿稿。被穷苦生活折磨的阿蓉已经受够了，对浪漫爱情不再执着，于是硬着头皮去找阿稿。阿稿风风光光地把阿蓉接回家。这时，阿拱经商回来，带回了一头母牛和一条瘦狗，打算将其做聘礼，却不想阿蓉已经嫁给阿稿了。阿拱的希望破灭了，牛和狗也懒得管。他知道自己斗不过阿稿，于是联合莎扭来找阿稿麻烦。最后，阿稿出一头牛来赔礼，人们被阿蓉和阿稿一波三折的爱情故事感动，这头牛没有给莎扭，而是杀来议榔，每家每户分到一串牛肉。后来，阿蓉和阿稿的爱情故事广为流传。

Yongl meik diangd laol pangb dlil:	蓉母亲说道：
Haot mob def jox mongb yangl yangl,	豆茎细又长，
Def niax daib genl genl,	豆茎爬地下，
Def jox mongb gheel bul,	为了把刺爬，
Yongf jox hvangb lol Ghongl,	阿蓉心很乱，
Xak Deix Yeeb Bail Neel,	只想嫁阿拱，
Guf Dlongs Nak dangl bail.	去松呐成家。
Bub feil miees Seb Eb daik Ed Gheil,	嗖欧和呕给，[1]
Miees leix meib mal linl,	他俩卖镰刀，

① 嗖欧、呕给：人名。

Jeek nenx khaob laol mal,	敲锣打鼓到，
Wal ghos yongk leix menb ngangl ghaol,	请他俩吃饭，
Jeek dlaox hvub mul bail,	好传话给拱，
Mul xenk diot dal Ghongl.	叫拱来娶蓉。

Dof nab ghenb diangl wangl,	第二天早上，
Seb Eb daik Ed Gheil,	嗖欧和呕给，
Ob dab ghob diangd mal linl,	他俩卖镰刀，
Lik nenx khaob laol nenl,	敲锣打鼓到，
Lik nenx deeb Wul Ghol.	卖布到榕江。
Yongf meik dax pangb dlial dlial,	蓉母交代说，
Jul vuk leix menb mal linl,	你俩卖镰刀，
Lik nenx khaob mul mal,	卖布盆辛苦，
Lik ghob max xob bail gangl,	也不见个钱，
Mab dot liak denl bangl.	没什么收入。
Laol nod wal bab ghaol,	不如去我家，
Bab niat leix menb ngangl,	煮饭你们吃，
Laol nod wal bab liangl,	送银你们用，
Bab gheit leix menb mul,	你们卖镰刀，
Leix menb mul xak Bail Neel,	走村寨辛苦，

Jeet Dlongs Nak mul bail, 你们去松呐，
Leix menb mul xenk Ghongl laol, 告诉阿拱说，
Def jox mongb yangl yangl, 豆茎细又长，
Def jox mongb gheel bul, 只是为爬刺，
Yongf ghos geex hvangb lol Ghongl, 蓉心慌又乱，
Xak Deix Yeeb Bail Neel. 只想嫁阿拱。

Ob dab haot hol hol. 他俩说好好。
Ob dab nof diangd mul vangl, 带着蓉母话，
Xenk Deix Yeeb laol deel. 去告诉阿拱。
Dof nab ghenb diangl wangl, 过不了几天，
Deix Yeeb ghob diangd laol nenl, 阿拱来榕江，
At vangx xangb leel mongl, 着装很整齐，
Haot benx weib dangl jul, 像冬季樱花，
Yongl nof bend yox hveeb diol diol, 蓉看拱心动，
Mul Ghongl xangb dot niok, 真是大帅哥，
Max meib dal at dlak, 我不要富贵，
Wal meib dal vut niok, 只想嫁帅哥，
Wal bend dal vut nex Yeeb Ghongl diot niangk. 恨不得吞拱进肚。

Yongl meik dax kheeb dal Ghongl,	母亲亮明话，
Yongl nos niak Deix Yeeb mul lol.	蓉嫁阿拱去。
Xak dax deeb Nenl Del,	他俩上能斗[①]，
Deix Yeeb vod dlil dlil,	拱在前面走，
Deix Yeeb send nenl dlil,	边走边思索，
Ob khob xak Dal Jongl,	不能上摆炯[②]，
Xak Job Ghob mul bail,	到角郭[③]地方，
Xeeb diangd mul jak Deix Khab sal nail,	怕遇到阿稿，
Leik dat Xongb Wul Yul,	打渔汹五尤，
Diangd gangf Niux Yongb mul denl.	又抢阿蓉去。
Eed ob dab nof geex gongl,	他俩才迈路，
Geex gongl xak Niux Del,	迈路走纽斗[④]，
Jeet Bail Bangk dax bail,	从摆邦走去，
Laol langt vangl Dliab Niol,	来到虾尼[⑤]寨，
Ghongl Jenk laol pangb dlil:	阿拱把话说：
Nab nongl mob haot wal Deix Yeeb tiongd ghenl,	昨天你说我走慢，

① 能斗：地名。
② 摆炯：地名。
③ 角郭：地名。
④ 纽斗：地名。
⑤ 虾尼：地名，今平永镇党鸟村。

Xib nix laib nod mul,	半天来不到，
Sal daob lab dlongk Bail Jenl,	摆井路幽深，
Daob Dlongs Gheek vil vil.	旅途太遥远。
Niux Yongb vod dlil dlil:	阿蓉问拱说：
Yud saok hveet bail Yeeb Ghongl?	快到了没有？
Deix Yeeb vod dlil dlil:	阿拱回答说：
Dot saok deix Ghongl Yeeb vangl,	现在还未到，
Neis nink bail hveeb dot ib dangl,	路程未走半，
Daob jox eb ghol yul,	深江供鹅游，
Hvab haot faib jox fenb Yongl dlial,	远路供蓉走，
Liangl hveeb ghob diangd xil,	若感到后悔，
Niux Genb ghob diangd vangl,	你就转回家，
Yongl ghos taik diot Yongl ninb dinl,	去你的寨上，
Meis dif gil Eb Liol.	守父母身旁。
Yongl Yeek diangd laol pangb dlil:	阿蓉回答说：
Wal jox hvangb lol Ghongl,	我心慌又乱，
Ghaot Deix Yeeb Bail Neel,	就是想嫁拱，
Guf Dlongs Nak dangl bail,	嫁到松呐去，

At deeb mob diangd xens wal taik diot wal ninb dinl,	怎叫我回家，
Meis dif gil Eb Liol,	守父母身旁，
At niox hvangb neid mul.	真让人伤心。
Deix Yeeb jeef kad lial:	阿拱回答道：
Mob haot niox hvangb neid mul,	我怕你灰心，
Deis xil diangd niangb xil,	走滩又有滩，
Los vongl diangd niangb vongl,	过坎又有坎，
Xas bail diangd niangb bail.	上坡又有坡。
Niux Genb jeef hvid lil:	阿蓉回答说：
Mob haot lok vongl diangd niangb vongl,	过坎又有坎，
Xak bail diangd niangb bail,	上坡又有坡，
Deik xil diangd niangb xil,	走滩又有滩，
Yuf mox eb dangt xil deek niangb leel,	不论滩到哪水跟，
Yuf mox Yeeb dangt vangl deek Niub mul.	不论拱到哪蓉跟。
Leix meib nof laol mul,	他们继续走，
Nof dax deeb Nenl Yangl,	来到了能养，
Diot Eb Buf dangl bail,	到欧补上边，

Fab dliat fenb Nenl Yangl,	走过能养寨，
Mul langt vangl Eb Jil,	看见欧几[①]寨，
Diuf lit bail ab mul,	过了一条江，
Mul langt vangl Eb Jil,	来到欧几寨，
Xak langt Ghongl Yeeb vangl.	看见阿拱寨。
Xix niangb zaid diongl diak,	拱屋太简陋，
Deix Yeeb ghob send nenl dlik,	阿拱心思索，
Haot mul peib khangd nongl xuk,	若去住仓脚，
Xeeb venx dliab ghob diangd laol liok,	怕别人嘲笑，
Yul diangd job diot wal daik.	人们责骂我。
Dex Yeeb nof diangd laol xenk,	阿拱告诉蓉，
Mox niangb neid dangl jenk,	你在这里等，
Deix Yeeb diangd mul mongt gik.	我先进去看。
Xix niangb zaid diongl diak?	谁屋最简陋？
Ghongl niangb zaid diongl diak,	拱屋最简陋，
Jux dinb feid nieel dongk,	九根树木撑，

① 欧儿：地名，今塔石乡。

Gheib Ninb Yongl mul buk.	带阿蓉进屋。
Peib diub diad mul niangk,	蓉到屋里坐，
Niangb deib gheid wieel dok,	有个破铁锅，
Dlieek ghot mab xend dal liuk.	饭也煮不熟。
Xit niangb zaid diongl diak?	谁屋最简陋？
Ghongl niangb zaid diongl diak,	拱屋最简陋，
Jux dinb feid nieel dongk,	九根树木撑，
Sal nieel ghot sal gok,	手推屋晃动，
Diangd sal eib geed mul juk.	偏倒向一边。
Senb niub Yongl ghot sal daok,	千条蓉满意，
Wal max liab zaid sos dongk,	不想住好屋，
Hent denb hent nongl denk,	好屋见不到外面，
Venx dliab heed nenl juk,	过往行人不认识，
Wal max bub dal gud dal zaik,	不知来好人，
Max bub dal dlieed dal fenk.	还是来坏人。
Wal liab zaid diongl diak,	我喜欢陋屋，
Venx dliab heed nenl juk,	过往的行人，
Wal diangd bub dal gud dal zaik,	一眼便知晓，

Diangd bub dal dlieed dal fenk, 那些坏人家，
Venx dliab ghob mab hangt wal mak. 不来防碍我。

Dof nab ghenb diangl wangl, 过了几天后，
Gheb Dint dal dab lol, 故定老人家，
Gheb Dint diangd laol hvob lenl, 故定传书信，
Leif diangb tot jenx lob ghol, 字迹像脚丫，
Gus lob gheeb bax dil, 像鸡爪八叉，
Songt laol saok Bail Neel, 送到摆呐来，
Guf Dlongs Nak dangl bail. 叫阿拱退人。
At deeb mob dlot Niul gheeb dangl dinl, 为啥捉人鸡，
Mob lof Niul mub dangl bail, 为啥抢人妻，
Xangt ghas longk mul nenl, 抢人箱里衣，
Ninb Yongl xongk xut mul lol Dlab Niul, 蓉本是扭妻，
Dak hveet mox Ghongl dleib Yongl, 命苦穷阿拱，
Diangd gok xut nieel Yeeb Ghongl, 把阿蓉抢去，
Feil wus liuk diot Wul Linb laol. 偷蓉离五果。

Deix Yeeb ghob send nenl dlil, 阿拱心思索，
Bieet max dlab diangd dinl, 半夜睡不着，

Xangt max nongb diangd nol.	心念念不忘。
Yongl yeek dax pangb kad lial:	阿蓉问拱说：
Mob diot niuk not ab xid Ghongl？	为何睡不着？
Ghongl nongf dax pangb kad lial:	阿拱回答说：
Baib nof diot niuk diot baib hed xenl,	我思家常事，
Ghongl ghob xat dliak geed bal,	为何如此穷，
Haot mul deib diot gongl jeek det,	计划去盖板，
Mul ghob vol baib ghot jul vuk not.	拉锯又怕累。
Gheb Dint dal dab lol,	故定老人家，
kheek det jenx zeib ghail,	竹破成五块，
Ab gheit jenx zeib liangl,	银分成五股，
Hvob xit niax nib mul,	状书告阿拱，
Jaob diot Deix Yeeb bail,	传到阿拱家，
Ghongl nok bend dax keeb ninl.	拱心惊肉跳。
Deix Ghongl nof mul saok zangt,	阿拱去经商，
Feid gil mul juk lit,	放排找钱赎，
Deb haot mul juk niut,	假如去一年，
Juk niut Ghongl laol leet,	阿拱就回家，
Ninb Yongl benb max lik xut,	蓉也不会变，

Bend mab geex ninl xak seet,	改变嫁他人，
Eed benb max lol Xab Ghaol dlak ghaot.	嫁跟阿稿哥。
Deix Ghongl mul xongk niut,	阿拱去七年，
Deix Ghongl nof laol leet,	七年才回来，
Dot dal liod gheek nieet,	得来一头牛，
Dot dal dlaid dak bat,	还有一只狗，
Haot deed laol zaid songk kheet.	想拿去赔礼。

Niangb gangx jib waid ninl,	有群妇女伙，
Meil wok ninb vod dlil:	告诉阿拱说：
Yongl ghos nab nab tid yul,	蓉天天绣花，
Vok xangt diot dliab jid nenl.	缝衣换钱米。
Venx dliab jeef kad lial:	人们都劝她：
Mob ghob nab nab tid yul,	为何天天缝，
Vok xangt ab xid Yongl?	痛苦自己背？
Vok xangt Niux Genb bal bail.	缝衣生老茧。
Leix baib mul laod jeel,	停活跟我们，
Baib mul vos zeik venx gangb niul.	山上找蕨菜。
Xak diot dangx hvangb mul,	她们到高山，
Fiees mas mot mul ab mul,	放眼望远方，

Eb ab zet nil nil,	见条水阴深，
Eb ab dal xid nail?	问是谁的河？
Dliab fenk jeef kad lial:	人们回答说：
Eb ab Ed Ghaol nail.	那是阿稿河。
Fenb ab zet nil nil,	又见个大寨，
Fenb ab dal xid nongl?	问是谁的寨？
Fenb ab Ed Ghaol nongl，	人们回答说，
Vangl ab Ed Ghaol vangl，	那是稿的寨，
Bieel Yees geeb nid lol Ghaol.	蓉开始变心。

Wangk vut niangb Deel Diul,	坪好是德丢，
Dlak vut niangb dal Ghaol,	富裕是阿稿，
Dlak ghaot nof bend niangb dal Ghaol.	阿稿富人家。
Lit ghob geex xongb wail nail,	河改变方向，
Yongf ghos geex hvangb lol Ghaol,	蓉改变初心，
Ghaot Nios Ghangk Bail Dlaol.	决定嫁阿稿。
Ninb Yongl diob pieet niangb laol,	蓉从后门到，
Khab Ghaol niangb zaid nek bieel,	稿在家织网，
Fieeb dil niangb diux mak vol.	织网在窗脚。
Niux Yongb diangd laol nak Ghaol：	蓉问阿稿说：

Mox niangb zaid mul deek Ghaol ?	稿哥在家吗？
Khab ghob fenx mangl mak del,	稿惊慌失措，
Bub mob diot gongl deek laol ?	问妹从何来？
Niux Yongb diangd laol xenk Ghaol：	蓉告诉稿说：
Nab nongl Ghongl dleib eet wal niok dil,	拱昨天哄我，
Wal vongb neix mul saok vangl,	我追拱到家，
Max bub Ghongl xob diot gongl deek mul.	拱不知去向。
Deix Khab diangd laol xenk Yongl:	阿稿把话说：
Menb max bub Ghongl xob diot gongl deek mul,	拱不知去向，
Mob max bub niangb zaid laol vuk dangl,	你就在家等，
Dangl baib niut Ghongl Jenk laol.	不久拱会来。
Niux Yongb diangd laol xenk Ghaol:	阿蓉回答说：
Dangl ib niut Bieel Yeek dangl,	等一年我等，
Dangl ob niut Bieel Yeek dangl,	等两年我等，
Dangl baib niut Biel Yeek lol,	等三年我老，
Wal genb diangd lol diak niangl?	老来怎么办？
Deix Khab diangd jeef kad lal：	阿稿又问道：

Bub mox mul dees xob niaf khangd ngangl ?	那你吃什么？

Niux Yongb ghob jeef kad lial:	阿蓉回答说：
Wal mul nias venx dliab tid yul,	我跟人织布，
Lins jenk diot yul dab nenl,	绣衣拿去卖，
Ghas eed yul bab ghaol,	换口饭充饥，
Bab niat dios baib ngangl.	勉强活过来。
Bieel Yeek diangd laol pangb dlil,	阿蓉接着说：
Xenk diot dal Khab Ghaol,	我来告诉你，
Dab diul at nak dlat xib meil,	人们穷物质，
Nink Yongl wal at nak bieet diongb mul.	我孤独难眠。

Ghaol Jenk diangd laol pangb dlil:	阿稿忙吩咐：
Yongk meil wok ninb daod ghaol,	叫帮工妇女，
Dongs fieet ghaib dlengx jul,	舂米在楼脚，
Vongs hveet menb laol dliox nail,	赶快拿鱼来，
Dliof nail laol jub xax Yongl,	做迎接仪式，
Diot nenf vees vux lol,	从此定终生，
Laol ghaot Ghangs Dangx Dlaol,	蓉改嫁阿稿，
Lab vangl jongt dongs dix ninl.	此后不能移。

Xat nius Deix Yeeb feid gil, 贫穷拱经商，
Saos zangt Deix Yeeb diangd laol, 买卖在四方，
Ghongl mul dot xongk niut, 拱走了七年，
Dot dal dlaid gheek nieet, 得一条瘦狗，
Dot dal liod dak bat, 得一头母牛，
Haob deed laol sangd dlongk kheet. 欲还娘头礼。

Venx dliab jeef kad lial: 人们把话说：
Deb xib menb mul beid jil, 假如拱干活，
Saos nes menb diangd laol, 活干完又来，
Menb feid gil juk niut, 拱经商一年，
Juk niut Ghongl laol leet, 一年拱会来，
Ninb Yongl benb max lik xut, 蓉也不变心，
Bend mab geed ninl xak seet, 河也不改道，
Bend mab lol Xab Ghaol dlak ghaot. 不落此下场。
Yeeb Ghongl ghob mul feid gil xongk niut, 阿拱去经商，
Leix meib mul daok jat, 编草鞋去卖，
Mul heeb mieel diot juk lit, 七年在奔波，
Dot dal liod gheek nieet, 买得只瘦狗，
Dot dal dlaid dak bat, 买得头母牛，

Mob haob deed laol sangd dlongk kheet.	拿来做聘礼。
Dieek nod Yongl jub hvangb lol Ghaol,	谁知蓉嫁稿，
Nab nongl ghos xak Deix Khab Bail Dlaol,	嫁稿到摆韶，
Guf Dangx Qub vangl nenl.	到党秋安家。
Yeeb Ghongl ghos wak liod lil,	阿拱丢了牛，
Bangk mul nex dliab geed menl,	牛吃人家麦，
Was diof niox diongb geed gongl,	丢那只瘦狗，
Haos ghos mul nex dliab geed seel.	狗吃人家饭。
Dof nab ghenb diangl wangl,	到了第二天，
Yul waik dax pangb kad lial,	人们问阿拱：
At deeb mox was bangk laol niox baib liod lil,	为何选马丢黄牛，
Was bangk wieex baib geed nenl.	放养无人管。
Ghongl Jenk dax pangb kad lial,	阿拱回答说：
Jul vuk leix baib nod mul,	我已很疲倦，
Wak gangx dab liod lil,	丢下了黄牛，
Was bangk leix menb geed nenl,	牛丢到下面，
Bangk mul tit leix menb geed menl;	牛去偷麦吃；

Was gangx dab dlaid diol,	丢下了瘦狗，
Haok laol nex menb geed seel,	狗也偷饭吃，
Tit leix menb geed seel,	吃人们剩饭，
At dangx dlinb diangd niangl,	真令人生气，
Bongt niangx gangb hvud liul,	我一肚子火，
Lab gongl ghot jok hait nax jub nod mul.	害我那么多。

GhonglJenk niox nab send nenl,	拱想了一天，
Ghongl xak diot Vangl Yal,	决定去养哑，
Diot Dlongs Liok mul bail,	到松略去找，
Mul des Gheb Dint dal dab lol.	约故定老人。
Ghongl Jenk diangd laol pangb dlil:	阿拱向他说：
Mox vub laot mul deek niob ghaol,	你嘴哪里去，
Wak niat bab meix ngangl?	饭丢人家吃？
Mox vub liut mul deek niob niongl,	你人哪里去，
Wak xangt mul bab meix nenl?	丢衣人家穿？
Mox vub xut mul deek niob nieel,	你心哪里去，
Wak seet bab meix lol?	丢妻他人娶？
Mob wax dal hvab leel,	你丢好妻子，
Seeb vut mul bab Ghaol,	好妻嫁阿稿，

Mob diangd mul ghaot dal hvab bal,	去接个丑人，
Pieet guf dongx lab gol,	后面翘屁股，
Pieet dieek dongx lab del,	前面翘肚子，
Los niangk venx ninb laol,	汗从脑门下，
Los niangk dax dlab nil,	人又脏又臭，
Bail vut vangx ib neil.	人真叫难看。
Sal diok vut max diok bal,	这些丑媳妇，
Dios diuk max diob niangl,	让人当笑料，
Sal angt venx ninb nieel.	脑门凸出来。
Gheb Dint pob hvangb wongl,	故定很生气，
Gheb Dint laol pieeb neel,	破竹写诉书，
Pat jenx zeib lenl jil,	竹破成五块，
Xongs buk jif neel diul,	七抱诉状书，
Mul meib diot Bieel Leel,	叫别勒[①]带走，
Bieel Leel mob ghent laol mul,	别勒你带去，
Mob deed mul nak Ghaol,	送到阿稿手，
Hvab Ghangk haot yil deek laol.	看稿怎么说。

① 别勒：人名，是个很会开玩笑的人。

Laol meib diot Bieel Leel,	拿书给别勒，
Bieel Leel nof ghent laol mul,	别勒带诉书，
Ghenb deed mul nak Ghaol,	送到阿稿手，
At deeb mob dlot Niul gheeb dangl dinl,	凭啥抢人鸡，
Mob lof Niul mub dangl bail,	为啥抢人妻，
Xangt ghas longk mul nenl?	抢人箱里衣？
Ghangk dax pangb dlil dlil:	阿稿回答说：
Wal mab dlot Niul gheeb dangl dinl,	我不抢人鸡，
Wal mab lof Niul mub dangl bail,	也不抢人妻，
Xangt ghas longk laol nenl,	不抢箱里衣，
Nab dail niongk juf neix nof lol Dlab Niul,	二十她嫁扭，
Lol Dieet Yenk Ghaib Yal;	嫁给她表哥；
Baib juf neix lol Yeeb Ghongl,	三十她嫁拱，
Ghaot Deix Yeeb Bail Neel,	嫁拱做贤妻；
Xongs juf nof lol Xab Ghaol,	七十才嫁我，
Ghaot Ghangk diot Bail Qub vangl.	来到摆秋寨。
Ghaol diangb pat jenx zeib bail neel,	稿也破生竹，
Xongs buk jif neel diul,	竹破成七抱，

Diangd meib diot Bieel Leel,	也交给别勒，
Bieel Leel ghent laol mul,	托别勒带回，
Mob deet mul xenk Niul,	你帮拿去问，
Hvab Dlab haot yil deek laol.	看他怎么说。
Meib diob ghet Bieel Leel,	诉书给别勒，
Neid meib ghob ghent laol vangl.	别勒带回来。

Ghaol diangb pat jenx zeib bail neel	稿破竹写书，
Xongs buk jif neel diul.	竹破成七抱。
Gheb Dint pob hvangb wongl,	故定很生气，
Gheb Dint neib gol bangl,	火来冒三丈，
Jis jenx khangb neid dol,	心里气鼓鼓，
Niuk jenx veeb ghod niul,	他去约能人，
Meis bieeb dieeb wail geel,	母背垒捉蛙，
Bak xas fenb gol bangl,	父上寨约人，
Gol wangx Kheb gol Nenl,	请叩官能官[①]，
Gol wangx Dliab gol Yul,	请虾官黔官[②]，

① 叩官能官：叩官和能官分别是两个人。

② 虾官黔官：虾官和黔官分别是两个人。

Mul gheib Ghet Lenk Bail Liul,	请摆柳故楞[1]，
Gol Zeet dos Vongl Xenl,	请涌薪泽夺[2]，
Yongk Niangx Keeb Bail Liul.	请摆榴酿克[3]。
Niangx Keeb vod dlil dlil:	酿克他来说：
Deb haot dal diangk gud diul,	如果是外人，
Diangk diul wal bend niak mox mul.	生人我去审。
Diangs gil mongl sad seil,	都是自己人，
Sal deix diangk bod yeel,	内外是亲戚，
Neid baib bail niak mox mul,	叫我怎么审，
Dliab yul diuk leix wal.	哪方胜诉都不好。

Eed Nenl Deib diangd mul yongk Wangx Wul,	这才喊王五[4]，
Wangx Zeb vod dlil dlil:	王周把话说：
Deb haot deix diangk gud diul,	若是些外人，
Diangk mul yenb sangd diul,	方向很明确，
Dieeb diul buk Gud Xenl,	赶人出寨外，

① 故楞：人名。

② 涌薪泽夺：涌薪是地名，泽夺是人名。

③ 摆榴：地名。

④ 王五：人名。

Leix baib bend laol mul,	那我跟你去，
Sal deix diangk bod yeel,	这些小纠纷，
Diangk mongl ghak sax seil,	内外是亲戚，
Ob wal mal neek mox mul,	叫我怎么审，
At qak fenb deel diuk leix wal.	让人们嘲笑。

（因为阿蓉婚姻的挫折大家都很清楚，现在走到这一步已经很不容易，大家抱着同情心，谁也不愿意受理这个案件。）

Gheb Dint nof mas vuk yangl yangl,	故定很伤心，
Gheb Dint neib diangd gol,	又喊群小官，
Bail Tiob mul yongk Wangx Ghol,	摆梯喊王果①，
Bail Nais gol Vob Yeel,	摆乃喊窝野②，
Bail Lees gol Dengb Dliul.	摆勒喊登柳③。
Diangd gheib ob dal dab beid xeek,	还喊年轻人，
Baib dal dab beid xeek,	两三个青年，
Sangd ngangl dal daid dek,	人长得矮小，

① 摆梯喊王果：摆梯是地名，王果是人名。

② 摆乃喊窝野：摆乃是地名，窝野是人名。

③ 摆勒喊登柳：摆勒是地名，登柳是人名。

Ghel dieeb diangd ghel zek,	走路踉跄跄，
Dieeb nod wal mul wal bend peek,	我到我就打，
Wal bend dieeb Ghaol dot denk,	教训稿一顿，
Ghel dieeb diangd ghel zeik.	让稿见爹娘。
Niangb meil jib waid wok,	有一群妇女，
Meil wok ninb vut diuk,	妇女来嘲笑，
Mob sangd ngangl dal daid dek,	你们人矮小，
Mox ghel dieeb diangd ghel zeik,	走路踉跄跄，
Mox mul mob bend peek,	你们打阿稿，
Mox dieeb Ghaol dot denk,	教训稿一顿，
Xeeb mox mul Ghaol diangd peek,	我怕稿打你，
Ghaol diangd dieeb mox dot denk.	教训你一顿。
Gheb Dint neib gol bangl,	故定才喊人，
Pieeb lit gol Vob Yeel,	南方喊窝野，
Yongk Gheif Zeet Dliab Mieel,	喊虾灭给哲[①]，
Gol Dliaf Dliat Dliab Zaol.	喊虾早[②]霞夏。
Ghok dot ib dongx bangl,	喊得一群人，

① 虾灭给哲：虾灭是地名，给哲是人名。

② 虾早：地名，今计划乡加早村。

Ib denf saos ngangx lel,	一群青壮年，
Xul fenb lok xul dal,	各个地方人，
Xul niangx lok xul xil.	四面八方到。
Ghok dot ib dongx bangl,	喊得一群人，
Ib denf saok ngangx lel,	一群青壮年，
Saok jax liub diul diul,	只顾说大话，
Saok jax liub laol mul.	说一番废话。
Deix Khab ghot gol bangl,	阿稿也喊人，
Pieet lok Ghaol ghot gol Qub Bul,	北方喊秋补①，
Gheib dal meik Deed Nail,	女王叫德乃②，
Bak Wangx Senb Dlieed Gol,	父王叫僻果③，
Niul Juk Qeeb hed vangl,	久茄④寨头榔，
Gheib Wangx Veeb Bail Jenl,	喊摆井王耶⑤，
Gheib dal meik Lal Meil,	女王叫腊梅⑥，
Bak Xangt Wangk Deel Wenl.	德稳喊相王。⑦

① 秋补：女，人名。
② 德乃：人名，代表女王。
③ 僻果：人名，代表父王。
④ 久茄：地名。
⑤ 摆井王耶：摆井是地名，王耶是人名。
⑥ 腊梅：人名，妇女代表。
⑦ 德稳喊相王：德稳是地名，相王是人名。

Ghaol ghos dieeb nix gol bangl,	稿杀牛邀请，
Jok nix eb Deel Diul,	拉牛到宽坪，
Jok nix eb dlangl dlangl,	砍牛头声声，
Jok nix eb gol bangl,	杀牛请能人，
Yongk venx dlab laol ngangl.	邀请人来吃。
Yul ghos sal at gheeb mieel jol,	同说一种话，
Aok mieex lob mul dangl,	同齐一条心，
Qut jox hvangb dangl Niul,	准备等莎扭，
Mieeb Niul dax baib mieel leel.	等他来评理。

Langt diongb nab diax diol,	中午即将过，
Saok diut gok liangx wangl,	下午要来临，
Gheb Dint niangb dal lol,	故定老人家，
Gheb Dint neib laol mul,	带来一群人，
Laol sab geed bail jil,	满腔有道理，
Deif daib dlongt dongl nongl,	走路起灰尘，
Mob dlot yul gheeb dangl dinl,	为啥抢人鸡，
Lof yul mub dangl bail,	为啥夺人妻，
Mox xeeb xit dangl Ghaol?	你依哪条榔？

Ghaol dax pangb diangl wangl:	阿稿回答说：
Wal max xeeb mox dal lol.	我娶蓉合法。
Jit vif lol nab dil,	论了一天理，
Niangb dal meik Benx Nail,	妇女叫本乃①，
Bak Wangx Senb vod dlil:	王生②他说道：
Nak Wangx Ib hvad wieel,	问王衣③一下，
Nak Wangx Ib Bail Jenl,	王衣摆井人，
Nak Wangx Ib hvad wieel.	先问他再定。
Wangx Ib vod dlil dlil:	王衣把话说：
Nak Wangx Senb hvad wieel.	由王生决定。
Wangx Senb vod dlil dlil:	王生把话说：
Hvab haot diok Niul dab mol,	蓉是扭表妹，
Ghaol ghos at liod diongb yal;	稿就拉牛赔；
Haot diok Ghaol dab mol,	若是稿表妹，
Niul ghos at liod diongb yal,	扭就拉牛赔，

① 本乃：人名，妇女代表。

② 王生：人名。

③ 王衣：人名。以上这些人都是有一定威望的。

Wal nas niuf nas genb ghel,	我刨根问底，
Nees gof nees ghaib laol.	我寻人寻亲。
Nof dios Niul dab mol,	蓉是扭表妹，
Neid Ghaol ghos diot liod liongb yal.	稿就拉牛赔。
Ghaol niangb meif ghot liod mub bail,	稿有一头瘸腿牛，
Bub feil wal ghos xib diot Jid Dlab mul,	拿给莎扭当赔礼，
At jot dlinb lal Yongl,	因为蓉纠纷，
Diangs lof yees wul ghol.	纠缠扯不清。
Xib langt Venx Jeeb vangl,	拿牛来议榔，
J\ok fangt nex eb zeil,	杀给大家吃，
Qangb jul jut jul dlenl,	肉串分到家，
Xenk jul laot jul dal.	告诉所有人。
Pab jut dliub hed yeel,	篾小像头发，
Net ik dab deid bail,	肉小像指头，
Ik benx peib leed ghaol.	小像那贝花。
Langt wieex nab Yongl lol,	等到阿蓉死，
Mul dieeb xongs juf yongx ghol,	杀七十只鹅，
Langt wieex nab Ghaol lol,	等到阿稿死，

Mul dieeb xongs juf nix meil,	杀七十头牛，
Mait wangb waf Deix Ghaol,	塑好阿蓉像，
Mait wangb waf Niux Yongl,	塑好阿稿像，
Zaot dliab muf niax ninl,	雕像如真人，
Liut dliab jof diongx niul,	人们开心把舞跳，
Khob bab jof weix wul.	永远不忘记阿蓉。

后记

《阿蓉鼓藏歌》是一首古老的长篇叙事歌，流传于榕江、从江、雷山、丹寨、荔波、黎平等县。早在 2006 年，我就已经向刘开基老人收集《阿蓉》(大花)。2011 年，杨远松编写《阿蓉》一书（中国戏剧出版社 2012 年出版）时，我拿“大花”给他看，他说是书已经定稿，另一方面，他也可能觉得加上我的这段“大花”过后，书的篇幅又过长了，所以就不考虑编进去，说是争取下一次出第二版时加入，之后就一直没有机会再出。

后来，为了弄清“大花”“小花”的区别，我又反复到高武找刘开基老人，把整首歌整理完全。万事俱备，只欠东风。幸好得到贵州大学出版社的葛静萍老师帮助，使《阿蓉鼓藏歌》得以出版，并得到专家们用心审阅纠正，在此，我对贵州大学出版社的领导、专家和老师们表示衷心的感谢！谢谢你们！

另外，由于我学疏才浅，汉文基础薄弱，翻译没有达到信、达、雅的效果，歌词描绘的意境和修辞也难做到翻译准确，在此表示遗憾，敬请读者指正。当然，若想领会歌内涵，最好的途径就是细品苗文歌词。

编者

2023 年 10 月 10 日